환상 우체국

GENSOU YUBINKYOKU
©Asako HORIKAWA 2013

All rights reserved.
Original Japanese edition published by KODANSHA LTD.
Korean translation rights arranged with KODANSHA LTD.
through JM Contents Agency Co.

이 책의 한국어판 저작권은 JMCA를 통한 저작권자와의 독점계약으로 교보문고에 있습니다.
저작권법에 의하여 한국 내에서 보호를 받는 저작물이므로 무단전재와 무단복제를 금합니다.

본문 내 주석은 독자의 이해를 돕기 위해 옮긴이가 작성하였습니다.

환상 우체국

호리카와 아사코
김선영 옮김

새끼 원숭이네. 까마귀가 나를 올려다보며 말했다.

메마른 땅 위에 떨어져 다 죽어가는 까마귀였다. 잔가지처럼 가느다란 다리는 더는 움직이지 않았다. 까마귀는 일어나지도 못하고 부리도 힘없이 벌어져 있었다.

"새끼 원숭이가 아니라 인간이야. 조다 초등학교 2학년 1반, 아베 아즈사야."

우리는 그날 학교 소풍으로 이누야마산에 와 있었다.

야트막한 정상에는 나름대로 광장도 있고 오래된 신사도 있고, 동네에서는 볼 수 없는 왕잠자리 같은 커다란 곤충도 날아다니고 있었다.

그날, 다 죽어가는 까마귀를 발견한 것도 나의 조금 유별난 특기 때문이었을까? 새까만 눈에 촉촉한 빛이 번지더니 천천히 눈꺼풀이 내려갔다.

"새끼 원숭이, 그럼 언젠가 또."

"눈 떠!"

내가 크게 소리 지르자 까마귀는 동그란 두 눈을 떴다. 그것이 까마귀의 마지막 움직임이었다. 나는 새빨간 얼굴로 소리 없이 울면서 까마귀의 무덤을 만들었다.

여덟 살 생일을 맞이하기 열흘 전의 이야기다.

차례

1 산꼭대기 우체국 · **9**
2 기다렸어 · **43**
3 도텐 우체국의 업무 · **81**
4 심령 스팟, 심령 현상 · **119**
5 목간을 찾으면 · **165**
6 도텐 우체국 VS 이누야마히메 · **213**

7 아직 멀었어 · **255**
에필로그 · **295**

작가 후기 · **303**

문고판 후기를 대신하며 · **306**

1
산꼭대기 우체국

7월의 맑은 아침, 교외 외길을 자전거로 달리고 있었다.

오늘은 9시부터 새로운 아르바이트를 시작한다. 그런데 옛날에 소풍 갔던 꿈을 꾸는 바람에 늦잠을 자고 말았다. 이거…… 조금 위험한데.

사방을 에워싼 논밭을 보면서 페달을 밟았다.

이 길은 원래 농로였다고 한다. 그런데 언제부턴가 간선도로에서 빠져나오는 우회로가 되어, 아침저녁 통근 시간대에는 엄청 막힌다. 갓길은 좁고, 지각할까 봐 서두르다 보면 논두렁에 빠지기 십상이다.

'다들 아침은 먹었으려나?'

봄에 함께 전문대를 졸업한 친구들은 취직해서 각자 바쁘게 살고 있었다. 나만 취직을 못 했다. 다들 당연하다는 듯 출발한 첫걸음을 나는 아직 내딛지 못했다.

그런 딸에게 부모님은 관대하게 말씀하셨다.

"결국 사람은 자기가 하고 싶은 일을 하게 되어 있어. 일이라는 건 생활의 대부분을 잡아먹거든. 그게 몇 년, 몇십 년이나 이어지니까."

"너무 급하게 정하지 마. 하고 싶은 일을 하는 사람은 누가 봐도 멋지고, 무엇보다 본인이 행복하잖니."

'하지만.'

정작 내가 뭘 원하는지 모르겠다. 진지하게 생각한 장래의 꿈은 가급적 다른 사람하고 싸우지 않고 보람 있는 일을 하는 것. 하지만 그게 어떤 일인지 구체적으로 상상해 보려 하면 생각이 멈추고 만다.

'그게 문제란 말이지.'

주변 사람들이 기업을 찾아다니며 면접을 보는 동안에도 나는 중고 자전거에 빨간 페인트를 칠하거나, 부모님 이사를 돕거나, 남들이 물건 찾는 것을 돕거나, 책을 읽었다.

"아, 그래."

상자에 짐을 넣던 어머니가 뭔가 생각났다는 듯 무릎을 탁 쳤다.

"아즈사는 여기에 남을 거니?"

"응. 남을 거야."

"그래."

장래가 불확실한 딸을 남겨두고 부모님은 전근으로 이사했다. 역에 배웅하러 갔을 때도 두 사람 다 딱히 걱정하는 눈치는 없었다.

"너도 분명 네가 하고 싶은 일을 하게 될 거야."

얼굴이 길쭉한 아버지와 동그란 어머니가 함께 "우후후후후" 하고 묘한 울림을 남기며 웃었다.

반대로 학교는 그보다 엄격했다.

"아즈사 학생. 뭐 특기도 없어? 옇어 능력이나 비서 자격증이나 전산회계나."

"어……. 초등학교 때 주산학원에서 7급을 땄어요."

취업지원 담당 직원이 무서운 표정을 짓는 바람에 이력서 특기란에 '물건 찾기'라고 쓰고 말았다.

그런데 바로 지난주. 학교 취업지원과에서 뜻하지 않은 연락이 왔다.

"아즈사 학생이 쓴 특기를 보고 딱 집어서 아르바이트

요청이 왔는데."

"'물건 찾기'라고 쓴 그것 말인가요?"

"그래, 그게 눈에 들어왔다나. 아즈사 학생만 괜찮으면 월요일부터 출근해 달라는데. 학생이 싫어하는 신입사원 양복은 입지 않아도 되고, 편한 사복을 입으면 된대."

"어떤 일인데요? 보물 사냥꾼?"

"설마."

취업지원 담당 직원이 전화기 너머에서 웃었다.

"우체국이야."

우표를 팔거나 우편물을 접수하는 일이라고 했다.

"오......"

나는 "우후후후후" 하고 웃었다. 고속열차 창문 너머에서 부모님이 짓던 웃음과 같은, 우후후후후.

"저 우편물 좋아해요."

편지지, 봉투, 다양한 기념우표와 봉함 스티커. 그런 것들이 멋들어지게 완벽한 세트를 이룬 편지는 잘 차려입은 기모노처럼 아름답다. 그 편지를 보내기 위해 일부러 멀리 떨어진 마을 우체통까지 가야 하는 수고마저 사랑스럽다.

우편 창구 책상에 놓인 고무도장을 담는 오래된 나무상자나 오래된 시골 역처럼 작은 우체국 건물도 마치 동화처럼 귀엽다고 넋을 놓고 태평한 상상을 했다.

그렇게 태평한 성격이라 우체국이 어째서 물건 찾기라는 특기를 중시하는지 아무 의심도 하지 않았다. 한 명이라도 많은 졸업생들의 취직자리를 정하고 싶은 학교 측도 그런 고민을 할 생각이 없었던 것 같다

"그런데 어느 우체국이죠?"

"도텐 우체국."

"어디 있어요?"

"어. 그게 말이지⋯⋯."

담당자가 갑자기 어물쩍거렸다.

도텐 우체국은 이상한 장소에 있었다.

지도로 보면 산꼭대기에 있다.

물론 후지산이나 일본 알프스처럼 높은 산은 아니다. 논밭 가운데, 마운드처럼 볼록 솟아오른 야트막한 이누야마산 꼭대기에 덩그러니 있다는 것 같았다.

"흠, 산 위에 우체국이 있어요? 신기하네요."

"신기하지."

이누야마산은 농로 너머에 있다.

'산기슭에 도착하면 산을 에워싸듯 길이 남북으로 갈라

지고, 도텐 우체국은 거기서 남쪽 길로 가다가 중간에 나오는 비탈길을 끝까지 올라가면 된다는 말이지…….'

신호를 기다리면서 서류에 첨부된 찾아오는 길을 되뇌었다.

"도텐 우체국은 어느 쪽이야?"

마치 내 생각을 듣고 있었던 것처럼 가느다란 목소리가 났다.

그 사람은 갑자기 나타나서 자전거를 사이에 두고 차도 쪽에서 나를 보고 있었다. 너무 갑자기 튀어나와서 마음속으로 '무궁화꽃이 피었습니다' 하고 중얼거리고 말았다.

'영화라도 찍나?'

어째서 그렇게 생각했는지는 나도 잘 모르겠다.

화장도 완벽하고 굉장히 세련된 미인이었기 때문일까?

"도텐 우체국은요……."

그 여자의 향수 냄새에 섞여 뭔가 탄내가 났다. 어디서 나는 냄새인지 주위를 둘러보면서 길 저편에 있는 산을 가리켰다.

"저 앞에 이누야마산이라고, 후지산 모형처럼 생긴 산이 있어요. 산기슭까지 가서 오른쪽 길을 따라가다가 오르막을 똑바로 정상까지 올라가세요."

"내가 갈 수 있을까?"

"초등학교 2학년도 소풍으로 오르는 산이에요. 하지만 그 구두로는 조금."

그 사람은 짙은 핑크색 페디큐어를 바른 자그마한 발에 화사한 뮬…… 헵번 샌들을 신고 있었다.

"괜찮으면 뒤에 탈래요?"

"?"

헵번 샌들을 신은 그 사람은 주눅 든 것처럼 눈을 껌뻑거렸다.

"저는 도텐 우체국 아르바이트생이거든요."

그렇게 말했다.

"정말? 정말로? 살았다, 고마워. 정말 고마워……."

눈매가 사르르 누그러지자 단정한 이목구비에 애교가 번졌다.

'……그러고 보니 옛날에 까마귀하고 이야기한 적이 있었지.'

낯선 여자를 짐칸에 태우고 다시 자전거 페달을 밟았다.

뒤에 탄 사람은, 어째선지 무게가 전혀 느껴지지 않았다.

❀

　이누야마산을 한 바퀴 감고 있는 그 길에는 짙은 초록빛 어둠이 깔려 있었다.

　유지매미의 울음소리가 쉴 새 없이 쏟아졌다.

　산이 햇빛을 가리고 있는 탓인지 점점 쌀쌀해졌다.

　"조금 무서워지네……."

　뒤에 탄 사람이 무섭다는 듯 안절부절못하는 게 등을 타고 느껴져서 나까지 불안해졌다. 그리고 얼마 지나지 않아 길이 어둠 속에 빨려 들어가듯 사라져서 깜짝 놀라 자전거를 세웠다.

　"길이 없어."

　"어머나……."

　헵번 샌들을 신은 여자는 슬픈 기색으로 한숨을 쉬었다.

　"분명 예전에 이누야마산 북쪽 경사가 무너져서, 옛날 도로는 막혔다고 들은 적이 있는데……."

　"어?"

　그제야 내 실수를 깨달았다.

　"옛날 도로라고 하셨나요?"

　이런 실수를 하다니.

이누야마산 기슭 갈림길에서 남쪽으로 꺾어야 했는데 북쪽으로 와버렸다.

"길을 잘못 들었어요. 실은 저도 오늘 첫 출근이라."

"어쩌지……."

"이렇게 되었으니 기본을 따를 수밖에요."

"기본?"

"아. 사회인의 기본은 보고, 연락, 의논이라고 하잖아요. 학교에서 죽도록 가르쳤어요."

"죽도록이나?"

헵번 샌들을 신은 여자는 진심으로 무서워했다. 나는 늦는다는 연락이라도 하려고 에코백을 뒤적거렸지만 꼭 이럴 때만 휴대전화가 안 보인다.

'어디에다 뒀더라?'

어젯밤 친척이 하는 음식점에 들러서 그 집 아이와 게임을 하며 논 기억은 있다.

'아차. 또 만게쓰[滿月] 식당에 놓고 왔나 봐.'

이력서에 물건 찾기가 특기라고 썼지만 그와 반대로 잃어버리기도 잘한다. 근무 첫날부터 연락도 없이 지각하다니, 너무 내게 어울리는 실수 같아 시무룩해졌다.

"미안해. 내 휴대전화는 화재로 불에 타버려서……."

헵번 샌들을 신은 여자가 난처한 내 사정을 알아차리고 미안하다는 듯 말했다.

'사회인이란 위기에 처해도 그것을 기회로 바꿀 줄 아는 사람입니다.'

취업지원과 직원이 했던 말이 떠올랐다.

"손님, 꽉 붙잡으세요."

전력 질주로 되돌아가서 하다못해 성의만이라도 보여주자. 손님을 안내해 주면 오히려 칭찬받을지도 모른다는 교활한 생각도 했다.

"자, 갑니다."

기합을 넣는데 뒤에서 헵번 샌들을 신은 여자가 눈치를 보며 입을 열었다.

"저……. 바로 저기에 식당이 있지 않아? 전화 좀 빌려 쓴다고 하면……."

"정말인가요?"

듣고 보니 앞쪽 경사면에 울창한 수풀이 끊긴 자리가 있었다.

거기까지 가보니 그녀가 말한 대로 의외로 넓은 주차장과, 단층이지만 철근 구조로 보이는 건물이 있었다.

"손님, 잘 아시네요."

"전에 이쪽에 와본 것 같아서……."

주차장에는 햇빛이 딱 들어와서 콘크리트 바닥이 하얗게 빛나는 것처럼 보였다. 한쪽 구석에 경트럭 한 대가 서 있었다.

주차장 안쪽 건물은 결코 작지 않은데도 이누야마산의 자연이 당장에라도 삼켜버릴 것처럼 불안한 분위기였다. 정면 유리문에 호박색으로 '이누야마 드 브인'이라는 글자가 적혀 있었다.

"이누야마 드브인?"

이누야마 드브인이라는 큼직한 글자 옆에 손 글씨체로 '명물 곰 불고기 정식 8백 엔', '진미 디저트 민물 게 소프트크림'이라는 글자가 춤추고 있었고, 햇빛에 바랜 포스터에는 아이돌이 하얀 이를 드러내고 있었다.

"아, 그런가, 그런가. 이누야마 드라이브인인가?"

라이라는 글자가 적힌 유리문이 열려 있었던 모양이다.

"죄송해요, 잠깐 기다리세요. 도쿄 우체국에 전화하고 올게요."

나는 자전거와 헵번 샌들을 신은 여자를 내버려두고 건물로 달려갔다.

유리문 안쪽은 절전 때문인지 몹시 어두웠다. 그나저나

이렇게 폐쇄된 옛날 도로에 있는 휴게소에 누가 올까. 나는 고개를 갸웃거렸다.

'어라?'

안에서 사람 그림자가 보인 것 같았는데 바로 시야에서 사라졌다.

건물로 다가갈수록 예상과 기대가 빗나갔음을 깨달았다. '이누야마 드라이브인'이 '이누야마 드브인'으로 보였던 것은 '라이'가 붙어 있는 유리가 깨진 탓이었다. 그곳은 폐허가 된 휴게소였다.

폐허는 무섭다. 그런 생각을 하자마자 귓가에 맴도는 매미 소리가 어째선지 조용해졌다.

그와 동시에 몸이 꼼짝도 하지 않았다.

'우와.'

나는 말 그대로…… 혼이 빠졌다.

가위에 눌린 것이다.

얼어붙은 시야에 갈라진 콘크리트 틈새로 뻗어 나온 접시꽃이 들어왔다. 메마른 줄기에 붉은 꽃이 터질 듯 피어 있는 모습이 몹시 불길하게 비쳤다.

한편 드라이브인 안에서는 뭔가가 움직이고 있었다.

'범죄자일까…… 도깨비일까…….'

무서운 생각이 차례로 떠올랐다. 나는 꼼짝도 안 하는 목에 한껏 힘을 주며 헵번 샌들을 신은 연약한 손님을 생각했다. 좀 도와주든지, 그게 불가능하다면 하다못해 혼자 힘으로 달아나길 바랐다.

'무서워……. 무서워!'

폐허에서 꿈틀거리는 그림자가 내 공포를 부추기듯 느릿느릿 모습을 드러냈다.

그림자는 정면 출입구의 '이누야마 드 브인'의 '드'와 '브' 사이를 지나 성큼성큼 다가왔다. 벌겋고 커다란 얼굴이 도깨비를 쏙 빼닮아서 우는 아이도 울음을 뚝 그칠 것 같은 거한이었다. 보기에도 아귀힘이 엄청날 것 같은 손에 뭔가를 잔뜩 담은 삼베 포대를 들고…….

'저 포대 속에 든 건…….'

머릿속에서 날뛰는 무서운 공상 속에서 나는 소리 없이 절규했다.

"!"

"아베 아즈사 씨."

거한이 내 이름을 정확하게 맞혔다.

상대가 범죄자든 도깨비든 내 이름을 알다니 좋은 징조는 아닐 것 같았다.

"음흐흐흐."

거한이 어째선지 나를 향해 웃었다. 눈동자만 겨우 굴려서 쳐다보니 양복 가슴께에 이름표가 달려 있다.

도텐 우체국 국장 아카이.

'도텐 우체국 국장님?'

하아…….

나는 영혼까지 빠져나갈 정도로 커다란 한숨을 쉬었다. 어쨌거나 생각보다 빨리 지각에 대해 용서를 구할 기회를 얻은 것은 다행이었다.

"죄송합니다. 죄송합니다."

아카이 국장님은 아직 가위가 풀리지 않은 나를 떠메다시피 해서 경트럭 조수석에 태우고 자전거도 짐칸에 실어주었다. 뻣뻣한 목을 돌려 주위를 둘러보았다. 햅번 샌들을 신은 미인은 어느새 사라지고 없었다.

'의외로 박정한 사람이네.'

"왜 그러지?"

"여기까지 같이 온 사람이 사라져서요."

"처음부터 보고 있었지만, 그런 사람은 없었는데."

아카이 국장님은 커다란 얼굴로 어리둥절한 표정을 지었다.

"그건 그렇고 당신이 물건 찾기의 달인 아베 아즈사 씨였군. 그래, 훌륭한 특기야. 우리 우체국에 와줘서 정말 든든해."

아카이 국장님이 커다란 몸으로 경트럭 운전석에 힘겹게 올라타며 기쁜 듯이 말했다. 인상 좋은 얼굴을 보니 도깨비나 범죄자로 착각한 게 괜히 미안했다.

"저기…… 저 건물은?"

스산해서 가위에 눌렸다는 말은 할 수 없었지만 호기심을 억누르지 못하고 물었다.

아카이 국장님이 내 생각을 읽은 것처럼 쿡쿡 웃었다.

"아아, 이누야마 드라이브인, 무서웠어? 저긴 우리 건물주가 소유한 곳이야. 오래전, 옛날에 다니던 길이 산사태로 막혀버려서 그때 폐업했는데, 건물주의 호의로 우체국 창고로 쓰고 있지. 참고로 건물주는 우리 우체국에서 배달 일을 하고 있어."

"건물주도 도텐 우체국에서 일한다고요?"

"그래. 상당한 달인이야."

무슨 달인이냐고 묻자 아카이 국장님은 "당연히 우편배달의 달인이지" 하고 으스대며 말했다.

"저 드라이브인은 젊은 사람들이 심령 스팟이라며 종종

담력시험을 하러 와서는 유리를 부수거나 쓰레기를 버리고 가서 곤란해."

내가 토막살인 시체가 들어 있을 거라고 착각한 삼베 포대에는 빈 캔과 포장 용기가 가득했다. 아카이 국장님은 창고를 청소하러 왔다고 했다.

"심령 스팟이 창고라니 굉장하네요."

"직원이 무섭다고 좀처럼 가려 하지 않아서 나 혼자 청소 당번을 떠맡고 있어. 자칫하면 직장 내 괴롭힘이 될 수도 있으니까."

아카이 국장님은 말과는 달리 즐거워 보였다.

"심령 스팟이라면 근처에 더 굉장한 게 있는데."

"네? 어디에요?"

나는 쭈뼛쭈뼛 창밖을 쳐다보았다.

하지만 다른 엄청난 심령 스팟은 발견하지 못하고 남쪽 비탈길까지 와버렸다.

수동 기어의 낡은 경트럭은 요란한 소리를 내며 이누야마산의 경사를 오르기 시작했다.

짧은 드라이브 끝에 도텐 우체국에 도착한 것은 오전 영업시간이 절반쯤 지났을 때였다.

❊

이누야마산 꼭대기에 있는 도텐 우체국은 예상보다 훨씬 평범한 건물이었다.

본관은 지은 지 10년쯤 되어 보이는 목조 건물이었는데 일부가 2층 구조였다. 외장재는 사이딩. 아름다운 고원을 배경으로 선 오래된 건물을 상상했던 나는 조금 실망했다.

출근기록부에는,

아카이

아오키

오니즈카

도텐

아베

각자의 이름 뒤에 도장이 찍혀 있고 내 칸만 비어 있었다.

졸업이 닥쳐서야 생활용품점에서 산 싸구려 도장을 찍으며, 곱슬머리에 안경을 쓰고 라면을 좋아하는 만화 캐릭터 고이케 씨를 닮은 직원과 아카이 국장님이 나누는 대화를 딱히 의식하지 않고 듣고 있었다.

"국장님, 그거 찾았어요?"

그렇게 물은 건 고이케 씨와 똑같이 생긴 직원으로 이름은 아오키였다. 여성스러운 말투가 신경 쓰였지만 외모는 흔한 중년 아저씨였다.

"창고에도 없었어."

아카이 국장님이 굵은 눈썹을 시무룩하게 늘어뜨리며 대답했다.

국장님은 사실 청소가 아니라 물건을 찾으러 이누야마 드라이브인에 갔던 모양이다. 그리고 찾는 물건은 나오지 않은 것 같다.

"그게 없으면 그 여자가 귀신 같은 형상으로 분명 우리를 쫓아내려 할 거예요. 전에도 난리법석을 피웠잖아요. 그런 여자, 훨씬 훨씬 훠얼씬 더 엄중하게 가둬둬야 한다고요. 탈세로 숨긴 지폐처럼!"

'가둬? 탈세?'

무슨 소리를 하는 건지 조금도 모르겠지만 여성스러운 말투로 쏘아붙이는 아오키 씨는 인상이 나빴다.

"그럼 다음에는 아오키도 그 창고를 뒤져보면 어떨까……."

"농담하세요? 거긴 유명한 심령 스팟이잖아요. 내가 그런 거 싫어하는 줄 국장님도 알잖아요. 오니즈카도 같이 가면 몰라도, 저는 절대로 안 가요."

그 오니즈카라는 사람은 보이지 않았다. 심령 소재에 강한 사람인지, 아오키 씨가 좋아하는 사람인지.

또 한 사람, 이 우체국과 같은 도텐이라는 이름의 노인이 있는데 입구 옆에서 계속 모닥불을 지피고 있다. 드라이브인에서 오는 길에 아카이 국장님이 이 할아버지가 이 부근의 지주라고 알려주었다. 우편배달의 달인이라는데 불에 폐지를 태우고 있을 뿐, 그런 기색은 찾아볼 수가 없다.

"잠깐, 너!"

아오키 씨가 한층 목소리를 높여 내 뒤통수를 향해 소리쳤다.

"출근 도장 찍는 데 몇 분이나 걸리는 거야! 첫날부터 지각하고, 그대로 멀뚱히 있을 셈이야? 그렇게 일하기 싫으면 돌아가. 다시 안 와도 돼."

"잠깐, 잠깐, 아오키."

아카이 국장님이 아오키 씨를 달랬다.

"아베 씨는 우리의 소중한 인재야. 굉장한 특기를 갖고 있다니까."

아카이 국장님이 말하는 건 역시 내 특기인 '물건 찾기'인 듯했다. 감싸주는 건 기쁘지만 그 정도로 칭찬받을 특기라는 생각은 들지 않았다.

애초에 이 사람들은 무엇을 찾고 있는 걸까? 내게도 같이 찾아달라고 할 심산인가 본데 그 폐허에 가야 할지도 모른다고 생각하니 마음이 무거워졌다.

'우표를 팔거나 우편물을 접수하는 일이라고 듣고 왔는데.'

그런 심중을 읽었는지 아카이 국장님이 생글거리며 내 등을 밀어 우체국 창구에 앉혔다.

"아베 씨는 여기서 손님이 주는 우편물을 받아. 쌓인 우편물은 도텐 씨가 배달할 거니까."

"네."

아카이 국장님은 출입구 앞에서 햇볕을 쬐고 있는 노인을 가리키며 그렇게 말하더니, 내게 설명하는 건지 혼잣말인지 모를 "정원을 돌봐야 해서"라는 말을 덧붙이며 자기도 밖으로 나갔다.

뒤에 남은 아오키 씨는 커다란 붙박이 캐비닛에 들어가 이따금 "아아", "못 쓰겠네", "안 되겠어" 하고 한숨을 쉬었다.

아오키 씨와 단둘이 남은 사무실에 의자 소리만 삐걱삐걱 크게 울렸다. 그 답답한 침묵을 참다못한 나도 삐걱삐걱 의자 소리를 내며 아오키 씨가 있는 캐비닛 쪽을 돌아보았다.

"저, 뭘 찾고 계세요?"

"너하고는 상관없는 것."

아오키 씨의 대답은 한겨울 서리처럼 쌀쌀맞았다.

'질 줄 알고?'

나는 신입사원답게 적극적으로 들이댔다.

"도와드릴까요? 저 물건 잘 찾는데."

"목간(木簡)."

"네?"

"역사 수업에서 안 배웠어? 옛날 사람들이 글을 쓸 때 종이 대신 썼던 목간 말이야. 게다가 거대해. 이만큼 커."

아오키 씨는 까치발로 서서 머리께로 손을 올렸다.

"목간이라니……."

목간은 700년대 나라 시대 유적 같은 데에서 나오는, 글자를 쓴 목판이다. 그런 게 우체국 캐비닛에 들어 있다니 세상일은 참 모를 일이다.

"어째서 목간인가요?"

"뭐가 어째서야."

아오키 씨는 실눈을 뜨고 천장을 바라보더니 지긋지긋하다는 표정을 지었다.

"그것부터 설명해 달라는 거야?"

"아뇨, 죄송합니다."

아무리 우체국이 통신문 송수신을 다루는 기관이라고 해도 업무에 목간이 필요할 리는 없다.

'천 년 전도 아니고.'

그렇다면 골동품 수집가라도 있나? 누군가와 그 골동품 때문에 다툼이라도 생긴 걸까?

'어째서 업무 시간에 골동품을 찾는 걸까?'

저도 모르게 고개를 갸웃거렸더니 아오키 씨의 표정이 조금 누그러졌다.

"물건 찾기가 특기라는 건 진짜인가 보네."

"그야…… 정말인걸요. 이사할 때 아버지가 토지 등기권리증을 잃어버려서 난리가 났는데 제 활약으로 무사히 찾아냈어요, 예."

아오키 씨가 한쪽 눈썹을 치켜들고 나를 쳐다보았다.

"어머. 권리증을? 찾은 거야?"

"불단 서랍 뒤에 떨어져 있었어요."

"아아, 맞아 맞아. 불단 서랍에는 이것저것 들어 있으니까. 할아버지가 태평양전쟁 전에 숨겨둔 과자나, 매미 허물이나. 무덤에 깜빡 잊고 못 넣은 뼈나 의치나."

"그런 건 없겠죠."

"내가 찾는 건 기청문(起請文)이야."

기청문? 그게 뭔데요? 그렇게 소리 내어 물을 필요 없이 내 어리둥절한 표정만으로 뜻이 전달된 것 같았다.

"우리가 찾는 건 목간에 쓴 오래된 기청문이야. 기청문이라는 건 말이지, 옛날 계약서를 뜻해. 단 계약 상대는 신이지만."

"골동품 같은 건가요?"

"뭐, 그렇다고도 할 수 있지."

"그런가요."

여기는 내 성격 이상으로 더 태평한 직장일지도 모르겠다. 그렇게 생각하며 예금 창구로 눈길을 돌렸다.

"아, 아까 손님."

아오키 씨가 자리를 비운 예금 창구에 한 여성이 머뭇거리며 서 있었다. 아침에 동행한 헵번 샌들을 신은 그 사람이다.

나는 꾸벅 고개를 숙였다.

"아까는 괜찮으셨어요? 갑자기 사라져서……."

그렇게 묻는데 아오키 씨가 팔짱을 끼고 이쪽으로 다가오더니 매서운 눈으로 헵번 샌들 손님을 노려보았다.

"마리코 씨, 당신 여전히 탄내가 나네. 향수를 잔뜩 뿌려도 바로 안다니까. 이게 뭐야?"

아오키 씨는 내게 하던 것보다 훨씬 심술궂은 태도로 손님의 손에서 통장을 낚아챘다. 그런 아오키 씨의 태도에 간이 철렁했지만 그 순간 아침부터 이 여성에게 느꼈던 위화감의 정체를 그제야 깨달았다.

'……탔어.'

그녀는 낯선 스타일의 원피스를 입고 있었는데 디자인이 특이한 게 아니라 불에 탄 자국이었다. 긴 머리가 한쪽만 뽀글뽀글한 것도 사실은 파마가 아니라 타서 오그라든 것이었다.

'그러고 보니 휴대전화가 화재로 탔다고 했지.'

아오키 씨가 휘두르는 통장을 눈으로 좇았다. '시마오카 마리코'라고 인쇄된 이름이 겨우 보였다.

"손님, 큰일을 겪으셨네요. 화재로 집을 잃으신 거예요?"

"아니야."

아오키 씨가 얼음장처럼 차가운 목소리로 말했다.

"봐요, 마리코 씨. 당신은 여기 와도 안 된다고 했잖아. 당신은 말이야, 여기 정원에 들어갈 수 없어."

"하지만 오늘 아침에 저쪽 분이 와도 된다고……."

불에 그슬린 손님이 커다란 눈으로 매달리듯 나를 쳐다보았다.

그와는 대조적으로 아오키 씨가 실눈을 뜨고 바늘처럼 따가운 시선을 보냈다.

"잠깐. 너, 그렇게 말했어?"

나는 아랫입술을 깨물고 눈만 움직여 두 사람의 얼굴을 번갈아 보며 고민했다.

이누야마 드라이브인에서 여기까지 오는 길에 아카이 국장님의 경트럭은 어째서 걸어가는 시마오카 마리코 씨를 추월하지 않았는지.

어째서 손님을 안내해 줬다고 혼나야 하는지.

어째서 이 사람은 정원에 들어갈 수 없는지.

'직장에는 말이야, 신입사원은 이해할 수 없는 매뉴얼이라고 할까, 처리법이라고 할까, 습관이랄까, 규칙이랄까, 어쨌거나 그런 게 많아.'

4월에 취직해 신입사원이 된 친구가 역설했던 게 기억났다. 짜증스럽다는 듯이 "귀찮아, 귀찮아"라고 하는 말을 사실 난 부러워하며 듣고 있었다.

'아하, 이게 그건가.'

겨우 의문은 풀렸지만 왠지 더 이해가 가지 않아 눈썹을 찌푸리고 눈을 깜빡거렸다.

그러는 동안에도 아오키 씨는 통장을 거칠게 집어 던졌

고 헵번 샌들을 신은 마리코 씨는 다리를 끌다시피 출구로 물러났다. 카운터를 훔쳐보듯 돌아보는 모습이 몹시 애처로웠다.

"저, 손님……."

다시 불러들이려 하자 아오키 씨가 "괜한 짓 하지 마!" 하고 팔을 찰싹 때렸다.

"……."

상황을 전혀 이해하지 못한 나는 아무것도 하지 못한 채 우두커니 서 있을 수밖에 없었다. 마리코 씨는 그런 나를 다시 돌아보더니 터덜터덜 떠나갔다.

그녀를 대신하듯 집배원 도텐 씨가 사무실로 들어왔다.

"여러분, 수고가 많습니다."

도텐 씨는 작은 눈으로 나를 뚫어져라 쳐다보다가 염려스러운 듯 아오키 씨에게 시선을 돌렸다. 이 부근 지주라는데 분명 이 할아버지도 활화산 같은 아오키 씨의 눈치를 보는 게 틀림없다.

"오늘은 날씨가 화창하네요. 배달하기 딱 좋아요."

도텐 씨는 사무실로 들어오더니 다시 창문을 돌아보며 눈을 가늘게 떴다. 책상 뒤편에 있는 선반으로 몸을 돌려 오전에 쌓인 우편물을 모은다.

"아오키 씨, 이 젊은이가 물건 찾기의 달인입니까?"

"그렇다네요."

"좋은 사람이 왔군요."

도텐 씨가 조금 떨리는 손으로 이번에는 예금 창구의 지폐 다발을 모았다.

"영차, 영차."

도텐 씨는 여든은 훌쩍 넘어 보였다. 커다란 짐을 끌어안고 다시 밖으로 나가려 하는데 아무리 봐도 걸음을 떼는 것도 힘들어 보였다. 나는 황급히 달려가 쌍여닫이 유리문을 활짝 열었다.

"이제부터 배달 가시나요? 힘드시겠어요."

지주가 우편배달 일을 한다는 게 아무래도 신기해서 흥미진진하게 도텐 씨를 쳐다보았다.

"그렇지도 않아요."

도텐 씨는 주름이 가득한 얼굴을 더욱 자글자글하게 만들며 미소를 지었다. 그대로 빨간 오토바이를 타지도, 자전거를 타지도 않고 또 모닥불용 대야 앞에 걸터앉았다.

"저……."

"여기 배달 업무는 편하거든요."

도텐 씨는 "봐요" 하고 활활 타오르는 금속 대야 속을 가리켰다. 테두리에 정교한 문양이 조각되어 있어 박물관에나 있을 법한 훌륭한 대야였다.

"이건 세발솥이라는 건데, 옛날 중국에서는 냄비나 프라이팬처럼 굽고 끓일 때 쓰던 물건이죠. 하지만 이건 마법의 세발솥이랍니다."

도텐 씨가 주름진 입으로 "허허허허" 웃었다.

"마법이요?"

"예, 마법이나 다름없어요."

그렇게 말한 도텐 씨가 한데 모은 우편물을 천천히 세발솥 불 속에 집어넣는 것을 보고 당황했다.

"으악! 잠깐만요, 잠깐만!"

우편물은 화르륵 타오르더니 눈 깜짝할 사이에 재로 변했다.

'이 사람 분명 너무 나이가 많아서 자기가 뭘 하는지도 모르는 거야!'

창문 너머로 아오키 씨에게 호소하는 눈빛을 보냈다.

'시끄러워.'

나는 아오키 씨가 입도 벙긋하지 않고 내뱉은 속내를 정확하게 알아들었다.

완력으로라도 이 위험한 모닥불을 꺼야 할지, 아카이 국장님을 불러야 할지 망설이는 사이 도텐 씨는 예금 창구에서 가져온 지폐까지 태우기 시작했다.

"도텐 씨, 도텐 씨, 대체 무슨 짓을……."

세발솥에 들어간 물건들을 꺼내려는 나를 도텐 씨가 생글생글 웃으며 말렸다.

"진짜가 아니니까."

"네?"

"가짜예요. 봐요, 봐."

도텐 씨가 타오르는 지폐 다발을 가리켰다.

'아…….'

다시 보니 분명 가짜였다. 그렇다고는 해도 경찰에 끌려갈 만큼 정교한 것은 아니다. 후쿠자와 유키치의 얼굴 대신 도라에몽이 그려진 만 엔짜리나, 아이가 크레용으로 그린 가짜 돈이었다.

'그러고 보니 전에 비슷한 일이 있었지.'

불현듯 더는 들을 수 없는 그리운 목소리가 떠올랐다.

"아즈사. 그 돈, 필요 없으면 할머니 다오."

할머니가 그렇게 말씀하신 건 내가 유치원생 때였다. 해마다 하는 '가게 놀이 Day'가 끝난 날이었다.

'가게 놀이 Day'는 유치원생들이 종이접기나 찰흙으로 만든 '상품'을 선생님이 만든 유치원 돈으로 사고파는 이벤트였다. 지금 생각해 보면 쇼핑 학습이었겠지. '상품' 중에는 진짜 과자도 있었는데 그것도 자유롭게 살 수 있어 굉장히 기다려지는 이벤트였다.

하지만 할머니가 원한 것은 유치원에서 받은 과자가 아니라 도화지와 크레용으로 그린 유치원 돈이었다. 어린 나는 고개를 갸웃거렸다.

"할머니. 이건 장난감 돈이니까 유치원 가게 놀이에서만 쓸 수 있어요."

"아즈사랑 친구들이 마련한 돈이니 할머니는 쓸 수 있어."

"거짓말. 어디서 뭐에 쓰게?"

할머니는 까르르 웃었다.

"이런 걸 가지고 있으면 천국에서 좋은 땅을 살 수 있단다. 할머니는 거기서 텃밭을 가꿀 거야. 뭘 심을지도 다 정해놨단다."

아티초크, 프랑브아즈. 개화기에 태어난 할머니는 세련된 작물 이름을 이것저것 열거했다.

"하지만 할머니. 천국에 지갑 가져가는 거 어렵지 않아?"

"뭘, 쉽단다, 쉬워. 죽으면 관에 넣어서 할머니하고 함께 화장터에서 태워주면 돼. 불에 태우면 연기가 되어 하늘로 올라가거든. 말하자면 연기 택배인 셈이지. 어디 보자, 거기 뒷면이 하얀 전단지 좀 가져오렴. 붓펜도."

불에 태운 가짜 돈이 고인의 품에 들어가는 과정을 할머니는 그림으로 설명해 주었다. 그것은 나중에 이과에서 배운 물의 순환과 비슷했다.

"그렇다면 더 큰돈을 만들어 줄게. 저세상에서 성을 살 수 있도록."

"성을? 좋구나. 베르사유 궁전 같은 곳에서 살 수 있으면 기뻐서 죽겠네."

"죽은 다음에 살 곳인데 또 죽어?"

그로부터 2년 후에 할머니는 돌아가셨고, 도화지로 만든 지폐 다발 천억 엔을 부모님과 장의사가 정말 관에 넣었는지는 잘 기억나지 않는다.

타오르는 가짜 돈을 바라보는 사이, 무서운 건지 슬픈 건지 모를 감정이 치밀어 올라 가슴이 먹먹했다.

저도 모르게 눈을 돌리자 우체국 건물 뒤에 압도적으로 넓은 꽃밭이 펼쳐졌다. 멀리서 농업용 외발 수레를 밀며 열심히 일하는 아카이 국장님의 모습이 인형극의 인형처럼 작게 보였다.

　달리아와 백합, 오리엔탈 양귀비에 개양귀비, 아이리스. 노란 루드베키아와 하얀 데이지. 제각각 고갯짓을 하는 꽃으로 가득한 평원은 내가 여태껏 보지 못한, 흡사 천국 같은 풍경이었다.

　'아오키 씨가 손님에게 심술을 부려서 보여주지 않겠다고 말한 곳이 저긴가?'

　우수고객에게만 개방하는 걸까? 정장을 차려입은 신사 숙녀가 점잖게 줄지어 꽃밭을 거닐고 있다.

　덩굴장미와 철사를 엮어 만든 훌륭한 문이 일행이 향하는 쪽에 있었다.

　그 행렬이 희미하게 흐려지더니 투명해져서 풍경에 녹아드는 것처럼 보였다.

　'안녕. 안녕. 안녕. 안녕. 안녕.'

　누군가가 노래하듯 되풀이했다.

　각양각색의 꽃에서 아지랑이가 피어올랐다.

　아지랑이와 사람들의 행렬이 뒤섞여서 현실과 완전히 다른 점묘 풍경화 같은 세계를 자아냈다.

　……뭐야, 이거.

　연기를 뒤집어써서 그런지, 할머니를 떠올려서 그런지,

아니면 눈으로 본 모든 것들이 너무 무서웠는지, 사무실로 돌아가자 눈물이 쏟아져 멈추지 않았다.

"결막염이면 빨리 병원에 가. 옮기면 곤란해."

손수건으로 눈을 가린 나를 보고 아오키 씨가 무정하게 말했다.

※

오렌지색 빛이 서쪽 창문으로 들어올 즈음, 아카이 국장님이 겨우 정원 가꾸는 일을 마치고 돌아왔다.

"익숙하지 않은 일이라 피곤하지?"

아카이 국장님은 아오키 씨의 백 배는 더 다정한 목소리로 그렇게 말했지만 나는 그때 이미 혼란스러워서 머리도 몸도 멍한 상태였다.

영문을 알 수 없는 물건 찾기도 그렇고, 우체국 사람들이 하는 행동은 손님도 포함해 왠지 신비롭고 괜히 서글펐다.

"아즈사."

아카이 국장님이 나를 친근하게 불렀다.

"내일부터는 아즈사도 물건 찾는 특기를 발휘해 줘야겠어."

서둘러 스케줄을 입력하고 있다.

'또 여기에 와야 하나……'

얼굴이 굳었다.

2
기다렸어

"아즈사. 거기 완전 이상해."

만게쓰 식당 주방에서 에리 씨가 꽥 소리쳤다.

테이블 맞은편에서는 에리 씨의 아들 쇼타가 내 휴대전화로 게임을 하고 있다.

쓰치다 에리라고 하는 이 사람은 내게는 칠촌 오빠의 부인으로, 먼 친척이다.

에리 씨와 칠촌 오빠는 10대 끝자락에 둘이서 달아나 결혼했다. 칠촌 오빠의 어머니가 우리 집에 와서 울며 하소연했던 것을 당시 중학생이었던 나도 똑똑히 기억한다.

하지만 두 사람은 쇼타가 태어나자 집으로 돌아왔다.

이곳으로 돌아온 에리 씨 부부는 대담하게 도망가서 결혼한 것치고는 평온하게 살았다. 칠촌 오빠는 인근 기업에 취직했고, 에리 씨는 시어머니의 음식점을 도왔다.

하지만 전혀 예측하지 못한 사고로 에리 씨는 인생의 나락에 툭 떨어지고 말았다. 도망까지 가서 결혼한 남편이 교통사고로 갑자기 세상을 떠난 것이다. 그 후 얼마 지나지 않아 시어머니도 병으로 돌아가시고, 에리 씨와 어린 쇼타만 덩그러니 남았다.

그래도 천성이 낙천적인 에리 씨는 자기 힘으로 인생의 나락에서 빠져나왔다. 혼자서 아들을 키우며 만게쓰 식당을 꾸려나가고 있다.

우리 부모님은 회사 생활이 체질에 안 맞는다면 인생도 배울 겸 만게쓰 식당을 도와도 된다고 했다. 에리 씨도 일손이 부족하니 빨리 와달라고 재촉했다.

"그랬는데 다른 데서 묘한 아르바이트를 시작할 줄이야"라고 에리 씨는 분통을 터뜨렸다.

"그렇죠, 이상하죠? 세키야마 씨?"

에리 씨는 소리를 높여 구석 테이블에 있는 손님에게 물었다.

세키야마 씨는 만게쓰 식당 단골로, 항상 기운이 없는 아저씨다. 늘 똑같은 양복을 입고 똑같은 넥타이를 맨다. 기러기 아빠거나 독신이겠지. 궁금한 게 많은 수다쟁이 에리 씨도 세키야마 씨의 신변 이야기는 들은 적이 없다고 한다. 어쨌거나 늘 말수가 적고, 시선은 쟁반 위 음식에서 절대 떨어지지 않는다.

"관광지도 아닌 산꼭대기에 우체국이 있다는 건 확실히 조금……. 하지만 저기……."

세키야마 씨는 마치 해명이라도 하듯 중얼중얼 대답했다.

처음 들은 목소리가 본인하고 너무 어울리지 않아 괜히 감탄했다. 에리 씨는 "거봐"라며 구운 생선을 들어 올렸다.

"역시 그런가요……."

나는 자신 없는 목소리로 웅얼거렸다.

"게다가 길을 헤매다가 도착했다는 이누야마 드라이브인. 유명한 심령 스팟이야."

"그래? 역시 그런 거야?"

"몰랐구나? 아즈사, 넌 대체 어떤 청춘을 보낸 거야?"

에리 씨가 기가 막힌다는 듯 구운 생선을 휘두르는 바람에 요리용 젓가락에서 생선 살이 후드득 떨어졌다.

"그 심령 스팟이라는 건 뭔가요?"

어쩐 일로 세키야마 씨가 끼어들었다.

"심령 스팟은 귀신이 나오는 곳을 말해. 지박령이 있다는 뜻이야."

다섯 살짜리 쇼타가 대답했다.

"박타령?"

엉뚱한 소리를 하는 세키야마 씨를 무시하고 에리 씨가 이누야마 드라이브인 전설을 설명하기 시작했다.

"일단 들어봐. 이누야마 드라이브인은 말이지……"

한 커플이 있었다.

폐쇄된 옛날 도로로 잘못 들어가 차를 돌리려고 문제의 드라이브인 주차장에 들어갔다.

'후진할 테니 뒤 좀 봐줘.'

'오케이.'

오케이라고 대답하며 무심히 시선을 돌린 여자의 눈에 들어온 것은 폐건물의 검은 창문에 빼곡히 들러붙은, 무수한 사람 얼굴이었다.

"우와, 소름 끼쳐."

"그렇지? 그것 말고도 굳이 안까지 들어간 커플도 있었는데."

에리 씨는 집게손가락을 세우더니 커다란 눈을 빛냈다.

"그 두 사람의 경우는 남자가 건물 안에 들어가 콜라를 사 오겠다고 했대. 하지만 폐허잖아? 여자는 그만두라고 했지만 남자가 고집을 부렸대. 뭔가에 홀린 것처럼 고집스레 '작동하는 자판기가 있을 거야'라며 폐허 안으로 들어갔지. 자동차로 왔으니 콜라는 다른 데서 사면 되는데, 그 남자는 이미 눈이 회까닥 돌아간 상태였대. 분명 그때 이미 무서운 일은 시작되고 있었겠지. 그리고 남자는 좀처럼 돌아오지 않았고, 여자는 걱정되어서 찾으러 갔어."

여자가 쭈뼛거리며 들어간 폐건물은 반쯤 무너지고 흙에 파묻힌 데다 조명도 없어 시야가 어두웠다. 그래도 어둠에 눈이 적응하기를 기다려 쓰러진 테이블과 포개진 의자를 피하며 남자의 이름을 부르며 찾아다녔다.

대답은 없었다. 아무 소리도 들리지 않는다.

여자는 자기가 현실과는 별개의, 결코 있어서는 안 될 곳에 있다는 생각이 들어 더 크게 남자의 이름을 불렀다.

그러자 희미하게 툭 소리가 났다.

어두워서 처음에는 잘 몰랐지만 검은 딱정벌레 같은 것이 발치를 지나가 숨을 삼켰다.

그 순간, 가슴을 답답하게 조였던 불길한 느낌이 발작처럼 목구멍까지 치밀어 올랐다.

동시에 여자는 지금까지 어두워서 보이지 않았던 곳에, 찾고 있던 상대가 서 있는 것을 발견했다.

하지만 "왜 그러고 있어?"라고 물을 수는 없었다.

표정 없는 어두운 눈으로 여자를 바라보는 남자의 목 아래를 빈틈없이 뒤덮은 것은…….

"벌레였어, 벌레. 우글거리는 벌레가 온몸에 가득!"

여자는 박정하게도 남자를 버리고 혼자 차를 타 달아났다.

산기슭에 도착했을 때는 머리카락이 온통 백발로 변해 있었다고 한다.

남자의 행방은 지금도 묘연하다.

"우와, 소름. 에리 씨, 그거 실화야?"

경청하는 나와 세키야마 씨 뒤쪽에서 쩌렁쩌렁 웃는 소리가 들렸다.

"그런 건 뻥이야, 뻥뻥."

포렴을 시대극처럼 젖히며 노란 핫피(*일본 전통의상의 하나로 주로 축제 참가자나 장인들이 작업복처럼 입는 무명 겉옷)를 입은 미남과 투실투실한 중년 손님이 나란히 들어왔다.

핫피를 입은 미남은 무라시타 씨로 주류와 음료 도매상. 송편처럼 둥그런 중년 남자는 경찰서에서 근무하는 마루오카라는 형사다.

이 두 사람, 사실은 사이좋게 만게쓰 식당을 찾는 단골이지만 옛날에는 《톰과 제리》 같은 관계였다고 한다. 마루오카 형사(여기서는 '마루 씨'라고 부른다)가 소년과에 있었을 때 무라시타 씨가 유명한 불량소년이었다나. 물론 지금으로부터 30년은 더 된 옛날이야기지만.

"어서 오세요."

에리 씨의 인사를 듣고 헤벌쭉 웃는 바람에 잘생긴 무라시타 씨의 얼굴이 주름투성이가 되었다.

무라시타 씨는 언뜻 젊어 보이지만 사실 마흔이 넘었고 가족도 있다. 그래도 에리 씨와 대화하고 싶어 무슨 핑계를 대서라도 만게쓰 식당을 찾아온다.

무라시타 씨 말로는 그게 원인은 아니라고 하지만 최근 아내와 별거 중이라는 모양이다. 밥을 차려주는 사람이 없어 식당에 올 기회가 더 늘었다.

한편 톰 역할의 마루오카 형사는 불규칙적인 근무 때문에 역시 가족에게 미움을 받고 있다나. 하소연할 상대를 찾다가 정신을 차리고 보니 역시나 옛날처럼 무라시타 씨를 쫓아다니고 있다는 것이다.

가족에게 미움을 살 정도로 일에 몰두하다니 굉장하다. 언제였던가, 마루 씨에게 직업이란 그런 거군요, 라고 말한 적이 있다. 그때 마루 씨는 쑥스러움을 감추려는 듯 딱딱한 표정이었지만 눈과 입이 웃고 있었다.

'뭐라고 할까. 내가 있을 자리야. 형사란 직업은, 남자가 있을 자리.'

'오오오. 그거 너무 멋진데요.'

그렇다면 분명 여자인 내가 있을 자리도 존재할 것이다. 그 자리를 찾으면 지금처럼 발바닥인지 가슴속인지, 어디라 콕 집어 말할 수 없이 갑갑한 기분도 분명 후련해질 것이다.

그런 생각을 하는 사이에 심령 스팟 이야기는 무라시타 씨의 모험담으로 바뀌었다.

"이누야마 드라이브인은 나도 젊었을 때 몇 번 가본 적 있어. 딱히 흥미로운 곳도 아니고, 귀신도 본 적 없어."

무라시타 씨는 일부러 거친 말투로 말하며 가슴을 폈다.

귀신 긍정파인 에리 씨가 반박했다.

"하지만 거긴 정말 유명해요. 방송국에서 촬영하러 온 적도 있다니까. 그랬더니 리포터를 맡은 아이돌에게 귀신이 쓰여서……."

"뺑, 뺑. 이누야마 드라이브인에 귀신 같은 건 절대 없다니까. 내가 옛날에 몇 번이나 가봐서 알아."

무라시타 씨도 물러서지 않았다. 이 사람은 어린애 같은 면이 있어서 남이 반대하면 못 참는 구석이 있다. 설령 상대가 그렇게 좋아하는 에리 씨라 해도.

"이 녀석은 옛날부터 시내에서 최고 가는 악동이었으니까. 지금도 어지간한 심령 스팟에는 지점이라도 낼 만큼 배짱 두둑한 남자야, 그렇지?"

마루 씨가 보증한다는 듯 무라시타 씨의 어깨를 힘껏 두드렸다.

"아니, 그런."

진짜 형사에게 배짱 두둑하다는 말을 들은 무라시타 씨의 심기가 풀렸다.

"그 부근에 죽은 사람이 찾아가는 우체국이 있다는 소문을 들은 적이……."

계산을 마치고 문 쪽으로 향하면서 얌전한 세키야마 씨가 누구에게랄 것 없이 그렇게 중얼거렸다.

"어……."

에리 씨와 나는 똑같이 거짓말이라고 말해 주길 바라는 표정으로 포렴 너머를 바라보았다.

배우자 한탄을 늘어놓기 시작한 무라시타 씨와 마루 씨는 세키야마 씨의 말을 듣지 못한 듯했다.

❊

나는 원룸 아파트로 돌아와 쿠션을 있는 대로 주변에 쌓았다.

세키야마 씨가 돌아가면서 중얼거린 말이 귓가에 맴돌았다.

'그 부근에 죽은 사람이 찾아가는 우체국이 있다는 소문을 들은 적이⋯⋯.'

이 산더미 같은 쿠션에서 떨어지지 못하는 것은 나태함이 아니라 공포 때문이다. 집에 도착해 숨을 돌리자마자 다리도 풀려버렸다. 오늘 하루 일어난 일들이 전부 세키야마 씨의 그 한마디로 귀결되는 것 같았다.

깊은 산속 심령 스팟.

화재로 휴대전화를 잃어버리고 본인도 불에 그슬린 시마오카 마리코 씨.

편지와 가짜 돈을 불에 태우는 도텐 씨.

목간에 적힌 기청문이라는, 뭔지 모를 골동품을 찾는 직원들.

나는 좁은 방을 엉금엉금 기어가 책장에서 초등학교 졸업앨범을 꺼냈다.

초등학교 2학년 때 소풍으로 걸어갔던 곳이, 이누야마산이었다.

시가지에서 그리 멀지도 않고 산 자체도 굉장히 야트막하다. 아이들 소풍에 안성맞춤인 산이다. 이누야마산까지 이어지는 외길도 지금처럼 교통량이 많지 않았다.

'그때……'

녹초가 되어 도착한 이누야마산 꼭대기에 도텐 우체국 같은 건 없었다.

산 위는 그렇게 넓지도 않았다.

키 큰 나무들이 우거져 어둑어둑했고 오래된 신사가 있었다.

앨범 사진 속 이누야마산과 내가 오늘 보고 온 이누야마산은 아무리 봐도 같은 장소가 아니다.

'그 꽃밭, 마치 지평선 끝까지 이어질 것처럼 넓었어.'

죽은 사람이 찾아간다. 죽은 사람이 찾아간다. 죽은 사람이 찾아간다. 죽은 사람이 찾아간다…….

똑같은 말이 몇 번이고 떠오르다가 갑자기 뚝 끊겼다.

어떻게 된 건지 냉장고 소리가 그치는 것과 똑같은 타이밍이었다.

"무슨 촬영도 했다고 했지."

무릎 위에 앨범을 펼친 채로 중얼거렸다.

아침에 이누야마산으로 가는 길에 헵번 샌들을 신은 마리코 씨와 만났을 때, 처음 받은 인상이 그것이었다. 마리코 씨의 생김새가 배우처럼 아름다워서 그렇게 느낀 줄로만 알았는데.

'아니었어.'

기억 속에서 마치 페이퍼커팅 아트처럼 마리코 씨 모습만 다른 색으로 떠올랐다. 하지만 정확히 말한다면 그것은 색깔 차이가 아니었다.

시마오카 마리코에게는, 그림자가 없었다.

나는 처음부터 무의식적으로 호러 영화를 연상해, 그녀를 배우로 연결 지었다. 그런 의미에서 촬영이라는 엉뚱한 발상을 한 것이었다.

'시마오카 마리코는 분명 죽은 사람인 거야.'

그 사실을 깨달았을 때, 냉장고가 다시 돌아가기 시작했고 내 온몸도 얼어붙었다.

❦

'일신상의 사유로 도텐 우체국 아르바이트를 그만두고

자 합니다. 아베 아즈사.'

A4 복사용지에 제일 굵은 유성매직으로 써서 팩스 송신구에 세팅했다. 부모님이 물려주신 낡은 팩스기라 자주 말썽을 부리지만 대충 버티고 있다. 본체에 덕지덕지 붙인 만화 스티커가 벗겨져서 구겨진 부분이 오늘 아침에는 유독 신경 쓰였다.

"아아."

나는 입을 둥그렇게 벌리고 하품을 했다.

5시 반.

일어나기에는 이르지만 도저히 잠자리로 돌아갈 기분이 아니다.

밤새 답답한 더위 속에서 데굴데굴 뒤척거렸다.

다시 도텐 우체국에 출근하는 내 모습을 상상하고는 우울의 늪에 빠졌다가, 그런가 하면 사회인으로서 봄철 무기력증을 이겨낸 친구들의 질타를 상상하고 조금 더 노력해보려는 결심도 했다.

그러자 이번에는 그림자 없는 마리코 씨의 모습이 떠올라 온몸에 오한이 치달았다. 일어나자마자 그런 건 분명 착각이라고 마음을 고쳐먹었다.

밤새도록 그런 짓을 되풀이하다가 발작이라도 일으킨 것

처럼 연필꽂이에서 가장 굵은 펜을 꺼내 난생처음 사직서를
썼다.

"좋았어."

대학교 사무용 봉투에서 꺼낸 서류를 몇 번이나 확인하며 도텐 우체국 팩스 번호를 눌렀다. 두 번 더 확인한 다음 송신 단추를 눌렀다. 나로서는 이례적으로 꼼꼼했다고 할까, 빈틈없이 처리했다.

사직서는 기계에 쑥 빨려 들어가 늘 그렇듯 천천히 도로 나왔다.

그런데 용지가 바닥에 떨어진 순간, 낯선 전자음이 울리더니 딱딱한 폰트로 에러 메시지가 표시되었다.

'이, 사직서는, 송신할 수 없습니다.'

"예?"

잠이 덜 깼나 싶어 눈에 힘을 주었지만 메시지는 그대로였다.

용지를 다시 세팅하고 똑같은 번호로 송신했다.

하지만 결과는 역시 마찬가지였다.

'이, 사직서는, 송신할 수 없습니다.'

저도 모르게 숨이 가빠져서 손가락으로 입술을 가렸다.

설명서를 봤지만 그런 에러 메시지가 나오는 경우는 찾

을 수 없었고, 서비스센터 영업시간은 오전 9시부터였다. 도텐 우체국도 9시에 문을 연다.

'둘 다 9시면 또 지각으로 처리되니까 늦잖아.'

이 판국에도 성실함을 발휘해 사직서를 들고 편의점으로 달려갔다.

"손님, 죄송합니다. 팩스가 고장 났는지……. 방금 전까지는 잘 썼는데 이상하네요."

미안한 기색으로 말하는 점원에게 나는 몇 번이고 맥없이 고개를 숙였다.

"'이, 사직서는, 송신할 수 없습니다'라는 에러 메시지가 뜨지 않던가요?"

"예? 뭐라고요?"

"아니, 아무것도 아니에요."

고개를 축 늘어뜨리고 집으로 들어가려는데 친절해 보이는 점원이 망설이다가 말을 걸어왔다.

"저기."

동정 어린 복잡한 시선으로 점원이 "힘내세요"라고 말했다.

편의점 몇 군데를 더 찾아갔지만 팩스가 전부 고장 나 있었다.

우편으로 보내려고 우체통을 찾았더니 몇십 년은 그 자리에 있었던 우체통을 어제 철거했다고 한다.

그러는 사이 9시가 되고 말았다. 팩스기 고장 신고가 아니라 일단 대학 취직지원 담당자에게 전화를 걸었다. 그러자 담당자는 오늘부터 출산휴가에 들어갔고, 도텐 우체국에 대한 인수인계는 없었다는 것이었다.

'아베 씨도 운이 없네요. 무슨 저주 아니에요?'

전화 너머의 상대는 별 뜻 없이 한 말이리라. 혹은 '무슨 오류'라고 말한 것을 내가 잘못 들었을지도 모른다. 하지만 그 말 때문에 불쾌해져서, 할 말을 잃고 전화를 끊었다.

그런데 시간이 흐를수록 두 번 다시 발을 들여놓지 않겠노라 결심한 도텐 우체국의 풍경이 머릿속에 떠올랐다. 잠깐 넋을 놓으면 "큰일이야. 벌써 지각이야" 하고 어제 아침과 똑같은 생각을 하는 것이다.

나는 머리를 벅벅 쥐어뜯었다.

실컷 쥐어뜯은 후에 정처 없이 무거운 에코백을 어깨에

메고 집에서 뛰쳐나갔다.

'이대로 가면 무단결근인데.'

나는 아무 잘못도 없는데, 하고 속으로 중얼거리는 사이에 '무단결근'이라는 네 글자가 아무 잘못도 없다고 생각하는 내 마음을 뒤흔들기 시작했다.

그렇다고 해서 오늘은 쉬겠다거나 그만두겠다고 전화하는 것은 절대 불가능했다. 우체국 사람들 목소리를 들으면 회유당할 게 틀림없다.

책임감과 무책임 사이에서 흔들리는 내 마음이 무책임 쪽으로 크게 기운 것은 지갑이 텅 빈 것을 깨닫고 현금을 인출했을 때였다. 아무것도 들어올 예정이 없는 통장의 입금란에 제법 큰돈이 들어와 있었다.

'급여 도텐 우체국.'

"무서운 사람들이 쫓아올 거야……."

창백한 얼굴로 중얼거리는 나를 현금인출기 코너에 있던 사람들이 힐끔힐끔 돌아보았다.

※

도텐 우체국에 하루 종일 농락당하고, 팩스에도 우편에

도 현금인출기에도 완패한 나는 일단 안락한 장소가 필요했다.

출근 시간도 지나 샐비어가 핀 통행로의 경치는 그림처럼 고요했다. 사회인들이 저마다 직장으로 빨려 들어가 거리도 한산해졌다.

'아아, 다들 일하고 있는데. 나는 무단결근을 했어……'

그런 죄책감을 품고 찾아간 곳은 시립박물관이었다.

벌레가 툭 떨어질 것처럼 벚나무가 늘어선 통로를 지나 자전거 보관소로 갔다. 병설 시민 풀장에서는 물소리와 아이들의 목소리가 들렸지만 자전거 보관소에는 아무도 없었다.

꾸물꾸물 자전거를 세우고 박물관 정면 현관으로 쪼르르 걸어갔다.

'잠깐이면 돼, 아무 생각도 안 하는 거야, 아무 생각도……'

이 박물관은 내 마음의 피난소였다.

여기에 오면 늘 마치 오래된 SF소설 속에 들어간 듯한 착각을 느낀다.

이 박물관은 1960년대 고도 경제성장기에 건설된, 어떤 의미에서 유적 같은 건물이었다. 그렇기에 여기에서는 어린 시절로 돌아간 기분이 든다. 강력한 냉기가 몸에 스며들자 겨우 바깥 더위 속에 두고 온 여러 불안으로부터 보호받고 있다는 느낌이 들었다.

바닥 높낮이가 다른 로비를 지나 오른편에 있는 엘리베이터를 탔다.

최상층에 거의 반세기 전에 지은 플라네타륨이 있다. 플라네타륨이라고는 여기밖에 모르는 나는 시설이 낡았어도 딱히 불만이 없었다.

페르세우스자리 유성군 관찰 모임 포스터를 체크한 뒤에 돔 형태의 영사실로 들어갔다. 학교 여름방학 기간인데도 플라네타륨은 텅텅 비어 있었다.

혼자 통째로 빌린 기분으로 여름 별자리를 보고 모형과 포스터 전시를 대충 훑어보며 다녔다.

"이 시절 아이들은 그 당시 스타일의 미래를 공상하며 자랐어. 분명 그런 미래가 올 거라고 기대하면서 말이야."

귀에 익은 목소리가 들려 그만 겁에 질려 뒤를 돌아보았다.

하지만 그것은 도텐 우체국 사람이 아니었다. 하운드투스 체크무늬 양복에 나비넥타이를 맨, 그 시절 동화에나 나올 법한 아저씨가 둥그런 배를 쑥 내밀고 서 있었다.

"옛날에 꿈꾼 건 아주 낡아빠진 미래예요. 가령 항성 사이를 여행하는 우주선에 설치한 만능 컴퓨터의 심장 부분에 진공관을 사용하거나, 그 우주선 발사기지 옆이 논밭이나 감자밭이거나. 나는 요즘 같은 현대의 스마트한 경치를 보고 있노라면 이럴 리가 없다고 생각할 때가 종종 있어요. 하지만 이 박물관은 어떻습니까. 몹시 고전적이죠. 오지 않은 미래 속에 있는 기분이 들죠. 그렇습니다. 여기 있는 것은 제가 소년 시절에 공상한 미래랍니다."

청산유수 같은 독특한 설명을 듣는 사이에 깨달았다. 이건 플라네타륨 해설과 같은 목소리다.

"하지만 이번 달에 실로 10년 만에 내부 공사를 했거든요. 액정 모니터를 넣었더니 완전히 현대 스타일이 되어버려서."

나비넥타이 아저씨의 목소리가 불만스럽게 바뀌었다.

나는 맞장구를 칠 뻔하다가 시선을 돌려 전시실 중앙에 설치된 유리 케이스를 보았다. 전에는 더 구석에 놓여 있어 유심히 본 적이 없었으리라.

그 유리 케이스 안에는 하귤만 한 크기의 돌이 들어 있고, '도텐 운석'이라고 손으로 쓴 이름표가 붙어 있었다.

도텐······.
"도텐 운석이라는 게 무슨 뜻이죠?"

저도 모르게 떨리는 목소리로 물었지만 나비넥타이 아저씨도 어째선지 못 믿겠다는 듯 얼굴을 찌푸렸다.

"아아, 이상하지요?"

"예, 아니……."

내가 말을 잇지 못하자 나비넥타이 아저씨가 역시나 청산유수로 알려주었다.

"이건 10년 전에 떨어진 운석이랍니다. 운석 이름이라는 게 알고 보면 재미있는데, 떨어진 장소 근처의 우체국 이름을 붙이거든요. 가령, 그러니까…… 시마네현 미호노세키 우체국 근처에 떨어진 미호 운석 같은 게 그런 경우지요. 그런데 이 도텐 운석은 어째선지 수수께끼투성이예요. 일단 이름이 수수께끼입니다. 도텐 우체국이라는 우체국은 없거든요."

그게, 있는데요. 나는 마음속으로 말했다.

"게다가 말입니다."

나비넥타이 아저씨가 쿡쿡 웃음을 터뜨렸다.

"이 운석은, 저주받았어요."

"저주받았다고요?"

"그녀가 10년 전 이곳에 들어왔을 때는 온갖 괴기현상이 참 많이도 벌어졌지요."

나비넥타이 아저씨는 어째서 운석을 그도, 그것도 아니고 그녀라고 부르는지 내가 물어보길 원하는 눈치였다. 나는 아저씨가 원하는 대로 물어보았다.

"그것도 몰라요? 하늘에서 내려오는 건 당연히 천녀잖아요."

나비넥타이 아저씨가 황홀한 표정으로 말했다. 하늘에 관한 시적인 에피소드는 전부 나비넥타이 아저씨의 심금을 울리는 것 같았다. 하지만 그보다 나는 괴기현상이 마음에 걸렸다.

"대체 무슨 일이 벌어졌는데요?"

"괴기현상 말입니까? 뭐, 여러 가지예요. 건물 전체가 정전되거나, 이상한 목소리가 들리거나, 불덩어리가 휙휙 날아다니고, 그걸 본 직원이 줄줄이 병에 걸리고."

"불덩어리가 휙휙 날아다녀요?"

내가 되묻자 나비넥타이 아저씨가 껄껄 웃었다. 자기가 한 말이 우스꽝스러워 참을 수 없다는 듯이.

"아니, 근처 신관을 불러서 굿까지 했다니까요. 그때 붙인 부적이 지금도 그대로 있어요. 그런 이유로 이 도텐 운석은 근처 초등학생들에게는 제법 인기가 있지요. 그래서 내부 공사를 하면서 눈에 띄는 자리로 옮긴 겁니다. 뭐, 우리

박물관 마스코트라고나 할까요."

나비넥타이 아저씨는 유쾌하다는 듯 불룩한 배를 흔들며 사무실로 들어갔다.

'마스코트……'

도텐이라는 이름이 붙은 운석을 자세히 보았다.

나비넥타이 아저씨가 말한 부적이 유리 케이스와 목제 받침대 이음매를 연결하듯 붙어 있었다. 신선 같은 인물화 주변에 처음 보는 기호가 스모 선수 순위표처럼 쭉 열거되어 있는 낡은 한지였다. 끄트머리가 살짝 찢어져서 떨어져 있었다.

'이런 건 위험한 거 아니야?'

떨어진 모서리를 유리에 붙여 보았지만 점착면이 말라버린 부적은 바로 원래대로 늘어지고 말았다.

'풀로 다시 붙여야겠어.'

아까 그 나비넥타이 아저씨에게 알려주려고 사무실 쪽으로 가려다가 문득 마음이 바뀌었다.

운석의 저주가 사실인지 거짓인지 모르겠지만 그 사람이 진짜로 받아들이지 않는 것만큼은 분명했다. 부적이 떨어졌다고 알려주어도 "친절도 하군요" 하고는 비웃고 방치할 게 뻔했다.

'보통은 신경 안 쓰겠지.'

도텐 우체국과 이누야마 드라이브인 때문에 분명 나만 그런 것에 예민해진 거라고 생각했다.

그렇게 분석할 수 있다는 건 차츰 마음에 여유가 돌아오고 있다는 증거다. 좋아. 이것도 향수를 자극하는 시립박물관의 효과일지 모른다.

콧노래를 부르며 전시실을 둘러보는 사이, 운석 유리 케이스 너머로 벽에 붙어 있는 포스터가 눈에 들어왔다.

무악(舞樂)이라는 거겠지. 사자 무늬 윗옷을 한쪽 어깨에만 걸친 전통의상에 별 장식이 달린 관을 쓴 소녀가 천진하게 이쪽을 향해 미소를 짓고 있었다.

"도텐 무악······."

언제 고전 수업 때 배웠던 걸까? 어디에도 적혀 있지 않은데 나는 무의식적으로 그런 말을 중얼거렸다.

'아아, 저건 도텐 무악의 의상이구나.'

유리 너머 미소녀 포스터에서 멍하니 눈길을 떼지 못하고 있는데 머리 위에 솜털이 떨어졌다.

무심코 피하자 솜털이 눈앞에서 천천히 내려와 리놀륨 바닥에 떨어졌다.

바라보고 있으려니 문득 의식이 흐려졌다.

천을 씌운 작은 스피커에서 손톱으로 긁는 듯한 소리가 들려왔다.

'……마침……내.'

하울링과 노이즈에 섞여 몹시 알아듣기 어려운 목소리가 흘러나왔다.

'을…… 찾……아…… 찾……라…… 찾아……라.'

그것은 귓가에서 날아다니는 모기의 날갯짓 소리와도 흡사했다.

나는 낡은 스피커를 쳐다보았다가 운석 건너편에 있는 고풍스러운 미소녀 포스터로 눈길을 돌렸다.

하지만 그것은 고전무용이 아니라 검은 밤하늘에 유성을 그린 페르세우스자리 유성군 관찰 모임 포스터로 바뀌어 있었다.

아니, 바뀐 게 아니다. 이 포스터는 처음부터 유성군 관찰 모임 포스터였다. 나는 이 전시실에 오자마자 관찰 모임 날짜를 체크했다.

소리가 꺼진 스피커와 유리 케이스 너머 포스터를 번갈아 보고 있는데 에어컨 바람이 너무 세서 등이 으슬으슬 떨렸다. 아무도 없는 전시실 곳곳에서 인기척이 나는 것 같았다.

"이러면 안 돼."

이상한 일들은 전부 도텐 우체국에 간 어제 아침부터 시작되었다.

도텐 무악이라는 무용으로 둔갑했다는 건, 그 포스터 속 미소녀도 역시 도텐 우체국과 뭔가 상관있을지 모른다.

'도텐 우체국이 여기까지 쫓아온 걸까?'

나는 달아나듯 좁은 엘리베이터를 타고 1층 단추를 눌렀다.

'생각해 보니……'

뒤늦게 여기저기 응시한 취직 시험은 전부 떨어졌는데, 어째서 도텐 우체국만 이렇게 열렬히 나를 원하는 걸까. 아베 아즈사가 그만큼 유능한 인재라면 어째서 다른 기업은 채용해 주지 않았을까.

그런 생각을 하며 엘리베이터에서 내려 좁은 통로를 잰걸음으로 빠져나왔다.

그리고 높낮이가 다른 로비의 가장 낮은 곳에서 내가 아는 사람의 모습을 발견했다.

"기다리고 있었습니다."

자그마해서 마치 목조 인형처럼 보이는 노인이 나를 보자마자 생글생글 웃었다. 도텐 우체국의 도텐 씨다.

"……."

에어컨 바람이 눈보라처럼 온몸을 때렸다.

깊은 주름이 새겨진 웃는 얼굴로부터 뒷걸음질을 쳐서 냅다 달아나려는 찰나, 나는 서글프게 처진 도텐 씨의 눈썹을 보고 말았다.

※

"정말 잘 와주었어. 기뻐, 아즈사. 오전 근무는 반차로 처리해 뒀어."

아카이 국장님이 붉은 얼굴을 함박웃음으로 더욱 붉게 물들이며 말했다.

오후 1시 정각, 나는 도텐 우체국 사무실에서 출근기록부에 도장을 찍었다.

여전히 오니즈카라는 사람은 보이지 않았고, 아오키 씨는 심술궂은 표정으로 나를 곁눈질로 노려보았다.

"또 지각. 요즘 애들은 일을 우습게 본다니까."

'올 마음 없었어요, 올 마음이, 조금도.'

하지만 도텐 씨의 울적한 미소를 보고 있으려니 이 자그마한 노인을 내버려두고 달아날 수가 없었다. 결국 박물관 식당에서 닭고기 달걀 덮밥을 얻어먹고 자전거 짐칸에 도텐 씨를 태워 내 발로 다시 이 적지로 돌아온 것이다.

"아카이 씨, 아오키 씨. 제대로 설명해야 해요. 앞으로도 아즈사 씨가 오길 바라잖아요."

도텐 씨가 말했다. 온화한 말투였지만 아카이 국장님도 아오키 씨도 마치 야단맞은 아이처럼 우물쭈물했다.

"누가 뭐래도 이 사람은 물건 찾기의 달인이잖아요. 우리한테 필요한 사람이니까요."

도텐 씨는 못을 박듯 그런 말까지 했다.

"어쩔 수 없네."

아오키 씨가 천천히 책상 서랍을 열더니 과자 봉지를 꺼냈다. 화난 표정으로 봉지를 뜯더니 혼자서 아작아작 먹기 시작했다.

"이 도텐 우체국은 쉽게 말해 지옥 1번가야."

아오키 씨가 설명을 시작했다.

도텐 우체국은 말이 우체국이지 우체국이 아니다.

적어도 현세를 사는 데 필요한 장소는 아니다.

나는 "현세라니……" 하고 중얼거리다가 입을 떡 벌렸다.

도텐 우체국은 명계와 현세의 경계에 있다.

오가기 불편한 산꼭대기에 있는 이유는 그 때문이다.

명계와 현세의 경계는 아무 곳에나 흔히 있는 게 아니라서, 만약 해저라면 용궁 같은 궁전을 세워야 하고, 지구 궤도처럼 높은 하늘 위에 있으면 우주 정거장을 만들어야 한다.

"운이 좋았어, 그런 의미로는."

"우여곡절이 있었지만……."

아카이 국장님은 뭔가 말하고 싶은 듯 침묵을 끌더니 결국 "뭐, 운이 좋았지"라고 작게 말했다.

"명계와 현세의 경계라니 대체 뭔가요?"

"그러니까. 사람이 죽으면 여기에서 명계로 가는 거야."

아오키 씨가 업신여기듯 코웃음을 쳤다.

"네?"

"왜, 텔레비전에도 나오잖아. 죽음을 경험한 사람이 본다는 꽃밭. 그게 저거야."

아오키 씨가 엄지손가락을 들어 창밖을 가리켰다.

도텐 우체국 뒤에는 물리적으로 말이 안 될 정도로 광활한 꽃밭이 펼쳐져 있다. 아카이 국장님이 사무 업무를 내팽개치고 열정적으로 가꾸는, 넓디넓은 뒤뜰이다.

죽은 사람들이 이 꽃밭을 거쳐 명계로 간다고 했다.

"네에에?!"

나는 비명을 질렀다.

"그럼 그 사람들, 전부 죽은 거예요? 잘 차려입고 정원을 보러 온 게, 우수고객이 아니라 전부 죽은 사람이었어요?"

"죽은 사람이라니 실례야. 돌아가신 고인이라고 말해."

"도, 돌아가신 고인들이었던 건가요……."

달칵.

이마 언저리가 울렸다. 실제로 소리가 난 건 아니지만.

그것은 상식적으로 사물을 생각하는 능력이 한계를 초월해, 비상식의 스위치가 켜졌음을 알리는 신호였다. 이제부터 도텐 우체국에 관한 모든 불합리하고 부조리한 일은 아베 아즈사에게는 평범한 일이 되는 것입니다…….

"뭐야, 그런 거였군요."

심리적 여과장치가 망가져 버린 나는 마음이 놓이기까지 했다.

듣는 사람의 이성이 마비된 것을 알아차렸는지 아오키 씨가 재미있다는 듯 자기 무릎을 찰싹찰싹 때렸다.

"그 덩굴장미 문 말이야, 통칭 '지옥극락문'이라고 하는데, 그건 산 사람이 통과해도 어디로도 못 가. 게다가 원령처럼 성불할 가망이 없는 사람이 지나도 아무 소용 없어. 그런데 정상적으로 죽은 사람에게는 천국의 문이거든. 뭐, 지옥문일 때도 있지만."

"아아……. 정말 지옥 1번가로군요."

만게쓰 식당의 음침한 단골, 세키야마 씨가 한 말이 귓가에 되살아났다.

'죽은 사람이 찾아가는 우체국이 있다는 소문을 들은 적이…….'

어디서 들었는지 몰라도, 세키야마 씨는 진상을 꿰뚫고 있었다는 뜻이다.

"하지만 여기는 어엿한 공공기관이야."

도텐 우체국이 우체국이라는 이름을 내세우는 데는 "어엿한 이유가 있어"라고 아오키 씨가 당당하게 말했다.

이 지옥 1번가, 도텐 우체국에서는 분명 서한을 받고 통장을 처리한다. 다만 그것은 산 사람이 주고받는 서한이 아니고, 현세의 통화를 다루는 통장도 아니다.

이곳에서는 죽은 사람이 살아 있는 사람에게 보내는 안부 편지를 접수한다. 드물게 죽은 사람에게 보내는 편지를 가져오는 사람도 있다. 그 경우 손님은 살아 있는 사람이다.

"그렇군요. 그래서 불에 태웠던 거군요."

깊이 생각하기를 그만둔 나는 흐름에 따라 고개를 끄덕였다.

"다시 말해서……."

아카이 국장님이 아오키 씨를 밀어내고 앞으로 쑥 나섰다.

"보통 영혼과 육체는 서로 의사소통하기 어렵잖아?"

우리 쪽에서 볼 때 죽은 사람의 영혼도 유체이탈 영혼도 다 똑같은 유령이니 둘 다 흐릿하고 실체가 없다.

유령 쪽에서 보면 육체에 갇혀 갑갑하게 사는 우리가 훨씬 거북한 상대일 것이다.

그런 두 존재가 연락을 취하려면 적절한 기관의 도움이 필요하다.

"그게 도텐 우체국이군요."

아카이 국장님이 감격에 겨운 듯 두 팔을 벌리며 사무실을 가리켰다.

산 사람, 죽은 사람, 서로의 마음을 담은 서한은 집배원이 우편물을 나르듯 전할 수 없다. 도텐 씨가 느긋하게 모닥불을 지펴 연기로 변한 통신이 불가사의한 예감이나 새벽녘에 찾아오는 꿈이라는 형태로 수신자에게 배달된다.

"그런 셈이지."

"그렇다면 마찬가지로 도텐 씨가 불태운 가짜 돈은 저세상으로 가져갈 수 있는 건가요? 저세상에서 땅을 사서 텃밭을 가꾸거나, 베르사유 궁전 같은 걸 세울 수 있나요?"

"돌아가신 분의 공덕에 가산돼. 공덕 통장에 플러스 금액으로."

"공덕 통장?"

사람들은 살아가면서 공덕이나 죄를 쌓아가는데, 그런 행동들은 빠짐없이 체크되었다가 도텐 우체국에 오면 눈으로 볼 수 있는 자료가 된다. 다시 말해 공덕 통장에 기록할 수 있다는 것이다.

"산 사람이든 죽은 사람이든 도텐 우체국에 오면 공덕 통장을 만들 수 있어."

"공덕 통장이라는 게 뭔데요?"

"이런 거야."

아오키 씨가 보여준 견본에는 '며느리에게 싫은 소리를 했다. 길 잃은 개를 구해 주었다. 쓰레기 분리수거를 하지 않았다. 재해 성금에 기부했다. 주민 연락망을 소홀히 했다' 등등, 일상의 선행과 악행을 시시콜콜한 사항까지 세밀하게 따진 숫자가 인쇄되어 있었다.

"보통은 지옥극락문을 지나기 전에 통장 정리를 하고 가는 사람이 많아. 가끔 성급한 사람이 죽으면 여기에서 통장을 만들지 않고 지옥극락문을 지나버리거든. 그런데 죽어서 덜컥 황천으로 가버리면 그쪽에서 수속하기 복잡해서 괜히 대기시간만 길어져. 규정상 최장 56억7천만 년이나 기다려야 할 때도 있다나."

'56억7천만 년 이상 기다린 손님은 미륵 창구로 와주시기 바랍니다.'

그런 환청이 귓속에 들리는 것 같았다.

"저……."

상상을 초월하는 이야기에 귀를 기울이던 내 안에서 소박한 의문이 고개를 들었다.

"인간은 죽으면 정말로 염라대왕의 재판을 받나요? 천사의 나팔 소리가 들리나요? 심장 무게를 측정당하나요?"

"너 같은 아르바이트생한테는 안 알려줘."

아오키 씨가 조롱하듯 말했다.

"도텐 우체국이 저세상으로 가는 통과점이라는 건 알겠는데……. 하지만 어째서 제가 여기에 일하러 와야 하는 거죠?"

"그야 뻔하지. 전생의 악행 때문이야."

깔깔 웃는 아오키 씨를 가로막으며 아카이 국장님이 말을 이어받았다.

"아즈사가 이력서에 물건을 잘 찾는다고 썼으니까."

"그 말씀, 진짜 진심이었어요?"

"물론이야. 아즈사도 설마 이력서를 대충 쓰진 않았을 테지."

아카이 국장님이 커다란 붉은 얼굴을 들이밀기에 저도 모르게 몸을 젖혀 피했다.

"어, 어제 왔을 때는 다들 기청문을 쓴 목간이 없다고 난처해하시는 것 같던데……."

"맞아. 사실은 옛날에 이 땅에 우체국을 세우면서 토지 권리 문제가 있었거든."

아카이 국장님은 벌건 얼굴에 붙은 송충이 눈썹을 난처한 듯 축 늘어뜨렸다.

"옛날부터 여기에는 이누야마히메를 모시는 사당이 있었어. 아니, 그게, 오랫동안 신관도 신자도 없는, 빈집 같은 신사인데……."

"역시 신사가 있었군요."

어렸을 때 소풍 온 기억은 옳았던 것이다.

"그 신사하고 도텐 우체국이 토지 권리 문제로 옥신각신한 건가요?"

"정답."

도텐 우체국을 세우면서 이누야마히메를 모시는 신사가 철거로 내몰렸던 모양이다.

이누야마히메는 토착신으로, 유래가 불확실할 정도로 오래전부터 이 산꼭대기에 살고 있었다.

그런데 비교적 편리한 곳에 존재하는 저세상 경계선을 놓칠 수는 없다는 듯이 도텐 우체국이 건설을 강행했다.

"그건 너무한데요……."

저도 모르게 시선을 들어 우체국 사람들의 얼굴을 보았다. 세 사람은 거북한 듯 눈길을 피했다.

"신사 쪽도 상당히 완고했잖아요, 국장님. 그런데……."

"당시 다툼이 아직 마무리되지 않았는데 이곳 토지 권리증을 잃어버렸어."

"갈등이 해결되지 않았는데 권리증을 분실하다니, 분명 큰 문제네요."

"그러게 말이야."

아카이 국장님이 정말 난처한 기색으로 깊은 한숨을 쉬었다.

"어쨌거나 상대는 아오키보다 성미 급한 사람이니."

"어. 그건……."

아직 아무 말도 하지 않은 내 어깨를 찔러대며 아오키 씨가 날카롭게 "뭐라고요!"라고 화를 냈다.

"그럼 저는 그 권리증 찾는 걸 도우면 되는 거군요."

그렇게 말하자 덩치 큰 아카이 국장님이 강아지처럼 기뻐했다.

"무리하지 않아도 돼. 창구 업무를 보면서 짬짬이 해주면 돼. 찾아줄 권리증은 이만한 크기의 목간에 쓴 기청문이야."

역시 저세상까지 통하는 우체국이라 부동산 거래에도 비현실적인 물건을 쓴다 싶어 새삼 감탄했다.

"그래서 제가 가는 곳곳마다 팩스에 장난을 쳐서 망가뜨리거나, 우체통까지 철거한 건가요? 게다가 월급까지."

"잠깐. 국장님, 이런 애한테 월급 가불까지 해주면서 응석을 받아주는 거예요?"

"그야 이대로 아즈사가 떠나버리면 난처하잖아."

아카이 국장님은 드물게 강한 말투로 반박했지만 금세 그 커다란 얼굴로 의아하다는 듯 나를 돌아보았다. 분명 월급은 입금했지만 팩스에 장난을 치거나 우체통을 철거한 기억은 없다는 것이었다.

"정말이야. 우리는 그런 짓은 못 해."

"아니, 아니, 그렇게 마음 쓰지 않아도 괜찮아요."

나는 웃고 말았다. 이토록 비현실적인 장소에서 팩스기에러 메시지 하나쯤 어떻게 되든 무슨 의미가 있나 싶었다.

"그래, 자잘한 문제는 신경 쓰지 말자고. 아즈사, 잘 부탁해. 이것도 공덕을 쌓은 셈 치고."

아카이 국장님이 아베 아즈사 명의의 공덕 통장 하나를 조심스레 건네주었다.

3
도텐 우체국의 업무

도텐 우체국에서 구스모토 다마에라는 단골손님은 '대모님'이라는 별명으로 불린다.

다마에 대모님은 이 지역 교통 및 관광산업 분야 대기업인 구스모토 관광 그룹 회장님이다. 버스 회사부터 관광호텔 체인과 각종 레저 시설을 운영하고, 그 밖에도 지역의 주요 기업 고문이나 임원들과 어깨를 나란히 하는 여장부다.

선대 회장이었던 남편이 작고한 뒤에 대모님의 수완은 더욱 진가를 발휘했다. 아들인 현재 사장과의 역학 관계는 그의 초등학교 입학 당시부터 조금도 변하지 않았다. 즉 구스모토 그룹은 실질적으로 전부 사장의 모친 수중에 있고, 현재 사장은 효자를 연기하는 수밖에 없었다.

나이 여든네 살. 84년 동안 언제나 원탑.

그런 다마에 대모님의 기세는 자기 세력권을 벗어나 때로 도텐 우체국까지 미치기도 한다.

"대모님이 오신다, 대모님이!"

평소보다 늦게 출근한 아오키 씨가 사무실로 뛰어들어 오자마자 책상 밑에 쏙 숨어버렸다.

"그 대모님이라는 건 뭐예요?"

"대모님이 대모님이지, 뭐겠어. 그런 식으로 말했다간 너는 우물에 처박힐 거야."

적어도 말씨에 있어서만큼은 아오키 씨에게 잔소리 들을 이유가 없다. 그나저나 대체 어떤 대모님이 오는 걸까? 아무것도 모르는 나는 아이처럼 가슴이 설렜다.

하지만 아오키 씨의 경고를 들은 아카이 국장님이 허둥지둥 정원으로 사라지고, 도텐 씨까지 애용하는 세발솥을 그늘진 우체국 건물 뒤편으로 옮기더니 몸을 숨겼다.

"그 대모님이라는 분은 살아 있는 사람인가요?"

"당연히 살아 있지. 유감이지만, 살아 있어."

산 자도 죽은 자도 찾아오는 도텐 우체국에서는 이렇게

무서운 이야기도 평범한 대화가 된다.

소문대로 대모님은 당당하게 등장했다.

전속 운전사로 보이는 남자가 휠체어를 밀고 있고, 차분한 디자인의 앙상블을 입은 서른쯤 되어 보이는 여자가 곁에서 바지런히 시중을 들고 있다. 대모님은 꽃무늬 지팡이를 천천히 들어 올리더니 거기에 맞춰 박력 넘치는 눈빛으로 사방을 뚫어져라 노려보았다.

나는 그만 "오오!" 하고 외치고 말았다.

대모님은 인생을 그대로 천으로 짠 듯한 중후한 색조의 명주 기모노에, 악어가죽 무늬의 띠를 두르고 있었다. 백 년 전 숙녀가 그랬던 것처럼 풍성한 올림머리를 하고 한껏 치켜뜬 도끼눈으로 좁은 건물 안을 둘러보았다.

눈빛이 마치 서치라이트 같았다.

그 눈이 아주 잠깐, 내 앞에서 멎었다.

"인사, 인사!"

발밑에서 웅크리고 있던 아오키 씨가 내 다리를 붙잡고 인사하라고 다그쳤다.

'어서 오세요'라고 해야 하나, '처음 뵙겠습니다'라고 해야 하나, 고민하는 사이에 대모님이 먼저 입을 열었다.

"벌써 몇 번이나, 몇 번이나, 말씀드렸을, 텐데요. 제 집,

도착, 했나요?"

억누른 감정을 강조하듯 대모님은 한 마디, 한 마디 끊어 말했다. 그 까끌까끌한 목소리가 공기를 흔드는 모습이 눈에 보이는 듯했다.

천장에 달린 풍경이 이상한 타이밍에 시끄럽게 울렸다.

숨어 있던 아오키 씨가 움찔하더니 펄쩍 튀어 올랐다.

"죄송합니다, 사모님."

"어머나, 당신. 왜 숨어 있죠? 숨어야 할 만큼 나쁜 짓이라도 했나요?"

대모님은 휠체어 위에서 눈동자만 움직여 아오키 씨를 노려보더니 등 뒤에 서 있는 부인을 날카롭게 쏘아보았다. 휠체어를 빨리 밀라는 신호 같았다.

앙상블을 입은 부인은 "죄송합니다, 어머님" 하고 작게 비명을 지르더니 카운터 앞으로 휠체어를 밀었다.

"저쪽에 있는 딸이 보낸 소포가 와 있을 텐데요. 벌써 몇 번이나 찾아왔으니 그만 어떻게 좀 해보란 말이에요!"

처음과는 정반대로 대모님은 거의 한 음절로 들릴 정도로 속사포 같은 고함을 질렀다. 공기가 얼어붙어 재채기가 나왔다. 내가 "에취" 하고 재채기하기가 무섭게 대모님은 "장난하나!" 하고 일갈했다.

"저, 사모님. 저희 우체국은 소포 보관 서비스는 취급하지 않아서요. 하물며 저쪽에서 온 소포시라면……."

"그 표현은 잘못됐어!"

사람들 뒤에서 갑자기 튀어나온 고함 소리가 아오키 씨의 말을 끊었다.

대모님이 자아내는 강렬한 긴장감 속에서 모두 마비된 것처럼 얼어붙어 있었던 탓이리라. 정문에서 난 탁한 목소리는 대모님 못지않게 엄청난 박력으로 우리를 간 떨어지게 만들었다.

"사물에 존댓말 쓰지 마! 그 경우에는 '저쪽에서 온 소포라면'이라고 하면 돼! 일본어를 소중히 여기란 말이야, 일본어를!"

육중한 쌍여닫이 유리문 안쪽에서 시대극 악역처럼 흉악하게 생긴 사람이 역시나 공덕 통장을 들고 잔뜩 화난 얼굴로 말했다.

아오키 씨는 다시 책상 밑에 숨었고, 대모님은 윗몸을 빙글 돌려 뒤를 돌아보았다.

나 혼자 눈과 입을 헤벌쭉 벌리고 새로 온 손님을 바라보았다.

"다치바나 선생님, 다치바나 선생님 맞죠? 선생님, 폭삭

늙으셨네."

내게 늙었다는 말을 들은 상대는 흰머리를 쓱쓱 쓸어 넘기더니 나와 마찬가지로 두 눈과 입을 헤벌렸다.

"오오, 아베 아즈사!"

노호과 함께 등장한 이 사람은 중학교 때 국어를 가르쳐 주신 다치바나 센지로라는 선생님이다.

"선생님, 여전히 얼굴이 무섭게 생기셨네요."

"너야말로 여전히 맹한 표정이구나."

예전에 나를 가르칠 때 다치바나 선생님은 얼굴만 무서운 게 아니라 모든 행동이 다 무서웠다. 손이 닿는 곳에 흉기를 두면 위험하다는 이유로 다치바나 선생님의 수업 전에는 학생들이 자발적으로 청소 도구를 감췄다.

몇 년 치 주름이 쌓인 지금 호호 영감님은커녕 더 무서운 인상으로 변했다.

"옳거니, 아즈사. 좋은 곳에서 일하는구나."

"아르바이트인데요."

"정사원으로 올라갈 때까지 여기서 성실하게 노력해."

"⋯⋯당신들, 잠자코 듣고 있자니까⋯⋯."

대모님이 겨우 정신을 차렸다. 중요한 순간에 훼방을 놓은 다치바나 선생님의 태도가 완전히 그녀의 성질을 건드린 것 같았다.

"지옥 1번가에서 아르바이트하는 계집애라니, 인간쓰레기로군요! 쓰레기라면 쓰레기답게 냉큼, 빨리 내 소포를 가져와!"

"내 제자를 쓰레기라고 부르다니, 할망구라도 그냥 둘 수 없군!"

"나를 할망구라고 부르다니. 당신이야말로 그 입을 놀린 걸 후회하게 만들어 주겠어!"

그것을 신호로 요란한 응수가 시작되었고, 나와 아오키 씨는 얼굴을 마주 보고 나란히 뒷걸음질을 쳤다.

며느리로 보이는 앙상블을 입은 부인은 뒤에서 포커페이스를 유지하는 운전사에게 눈짓으로 신호했다. "전부 제 잘못이에요", "제 불찰로"라고 가녀린 목소리로 되풀이하면서 대모님을 태운 휠체어를 밖으로 끌고 나갔다.

풍경 소리가 울렸다.

"저 사람이 악명 높은 구스모토 관광 그룹의 황태후인가? 저 할망구의 공덕 통장은 필시 죄업이 쭉 적혀 있어서 볼만할 거야."

다치바나 선생님은 자기도 악명 높았다는 사실을 아는지 모르는지 그런 소리를 했다.

"그렇고말고요."

아오키 씨가 완전히 저자세로 연로한 교사의 손에서 공덕 통장을 건네받았다.

"그런 점에서 다치바나 님의 통장은 훌륭하기 그지없으신……."

"사물에 존댓말을 쓰지 말라니까! 과도한 높임말도 쓰지 마!"

다치바나 선생님은 맹수 같은 목소리로 지적하더니 아오키 씨에게 높임말의 종류를 말해 보라며 방범용 컬러볼을 치켜들었다.

"주체 높임, 객체 높임, 상대 높임, 압존법…… 따라 해!"

"저…… 압존법은 무엇을 말씀하시는 것일까요?"

아오키 씨는 어디로 연결되어 있는지 알 수 없는 온라인 단말기에 통장 펼침면을 위로 해서 집어넣었다. 인쇄 요령은 보통 통장정리기와 똑같은 모양이다. 지익지익 익숙한 소리가 끝나자 신비한 온라인 단말기가 신비한 통장을 뱉어냈다.

"다치바나 선생님도 여기에 자주 오시나요? 설마 선생님, 돌아가신 건 아니죠?"

"암, 암, 살아 있다마다. 하지만 처음 왔을 때는 이 세상 사람이 아니었다고 말해도 과언이 아니지."

방금 전까지 화를 냈다는 사실은 까맣게 잊은 것처럼 다치바나 선생님은 기분 좋게 가슴을 폈다.

"실은 선생님 말인데, 작년에 아들 집에서 쓰러져서 구급차로 병원에 실려 갔어. 구급차가 얼마나 굉장한지 아느냐? 빨간 신호도 무시한다니까. 높은 사람이 된 기분이었지."

"구급차는 특수한 경우라 예외로 쳐주니까 그렇죠."

"그런 건 큰 문제가 아니야. 선생님은 말이다, 그리고 바로 큰 수술을 했어. 보통 수술이 아니라 큰 수술이었지. 의사도 가망 없다고 두 손 들었을 때, 선생님은 유령이 되어서 여기에 왔지. 그런데 말이다……."

죽음의 문턱까지 왔던 다치바나 선생님은 아카이 국장님이 정원을 가꾸다가 그만 깜빡 잊고 치우지 않은 삽에 발이 걸려 넘어지는 바람에 그 충격으로 의식을 되찾았다고 한다.

병원 침대에서 눈을 떴을 때, 어째선지 무릎이 까지고 두 손에 흙이 묻어 있었다.

의사도 가족들도 어리둥절하게 서로를 쳐다보았고, 지금도 괴기현상이라고 숙덕거릴 만큼 그럴싸한 전설이 되었다.

"그나저나 여기 뒤뜰은 정말 아름답지? 입원해 있을 때

자꾸 생각나서 죽기 전에 한 번만 더 보고 싶었는데……."

"안심하세요. 돌아가시면 누구나 보실 수 있습니다."

아오키 씨가 쓸데없는 소리를 했다.

"그런데 퇴원하고 재활운동 겸 이누야마산에 올랐더니 여기가 나오더란 말이지."

이후로 다치바나 선생님은 도텐 우체국의 살아 있는 단골손님이 되었다고 한다.

"저……."

화기애애하게 미소를 주고받는 세 사람 뒤에서 가느다란 목소리가 들렸다.

대모님 휠체어를 밀던 앙상블을 입은 부인이 정문 앞에 다시 돌아왔다. 시어머니의 무례를 사과하며 꾸벅꾸벅 고개를 숙였다.

"이거, 제가 만든 건데 괜찮으시면……."

앙상블을 입은 부인이 피터래빗이 그려진 종이봉투를 내밀었다. 안에는 털실로 짠 푸들 인형이 들어 있었다. 아오키 씨가 눈을 빛내며 내 손에 들린 푸들 인형들을 잽싸게 낚아챘다.

"귀여워라. 솜씨가 좋군요, 어……."

재빨리 카운터 위에 인형들을 늘어놓은 아오키 씨가 앙

상블을 입은 부인을 돌아보았다.

"구스모토 미호코라고 합니다."

"구스모토 관광 그룹 며느님……."

우리는 마치 구박받는 신데렐라 같은 그 사람을 동정 어린 눈빛으로 바라보았다.

미호코 씨는 목제 손잡이가 달린 벨벳 가방에서 다치바나 선생님과 똑같은 로고가 찍힌 통장을 꺼냈다. 이 소박한 느낌의 가방도 분명 직접 만든 것이리라.

"통장 정리 부탁드릴게요."

"그 업보 할망구 건가?"

다치바나 선생님이 무례하게 묻자 미호코 씨는 "호호……" 하고 지친 목소리로 웃었다.

"어머님이 말씀하신 소포는 정말 오지 않았나요? 돌아가신 형님이 보냈을 거라고 내내 기다리고 계신데……."

"저쪽에 가버린 사람하고 물질을 주고받을 수는 없어요."

아오키 씨가 창문 너머로 대모님이 어디 있는지 확인하더니 살금살금 돌아왔다. 다마에 대모님은 아카이 국장님을 붙잡고 정원 꽃을 설명해 달라고 한 모양이다. 아오키 씨는 국장님의 고충을 재미있다는 듯 알리며 미호코 씨의 지친 얼굴을 들여다보았다.

"그런데 대체 어떤 소포인지, 괜찮으면 설명 좀 해보겠어요?"

"다 제 잘못이에요……."

미호코 씨가 심각한 표정으로 손끝을 바라보았고, 우리 세 사람은 다소 천박한 호기심으로 뒷말을 기다렸다.

"소포를 보낸 사람은 남편의 누님인데……."

다마에 대모님에게는 자식이 둘 있었다.

남동생은 현재 사장으로 어머니의 꼭두각시 인형 노릇에 전념하고 있지만, 누나는 상당히 적극적으로 대모님을 보좌했다고 한다.

"하지만 그건 형님이 진심으로 원하는 일이 아니었어요. 형님은 젊었을 때 작은 원예 가게를 하고 싶었다고 해요. 아니면 작은 잡화점이나. 작은 헌책방이나. 작은 곱창집이나."

"꼭 작아야 하나요?"

"예. 형님에게 가장 중요한 건 작은 가게라는 점이라……. 태어날 때부터 뭐든 요란하고 화려한 환경에서 자라서 오히려 소박한 것을 동경했던 거겠지요. 실제로 형님도 그렇게 말씀하셨고요."

"혹시나 물어보겠는데, 형님 성함은?"

아오키 씨가 통장을 뒤적거리며 을었다.

"나나에. 구스모토 나나에였어요."

'지긋지긋해.'

그게 그녀의 입버릇이었다.

구스모토 나나에 씨의 꿈에 기본으로 깔려 있는 것은 반항심이었다. 소소하지만 알고 보면 제법 야심 찬 큰딸의 꿈에 대모님은 찬성하지 않았다.

"어머님은 보다시피 저런 성격이라, 또 요란하게 말렸던 모양이에요. 죽네 사네, 죽이네 마네. 저희 남편은 지금도 거의 아마겟돈이나 다름없었다고 말해요."

아마겟돈이 무슨 뜻이냐고 묻자 아오키 씨가 "세상의 종말이야"라고 주석을 달아주었다.

"결국 형님이 꺾였지만……. 꿈을 포기한 형님은 대모님…… 아니, 그게…… 어머님 바람대로 구스모토 그룹 경영에 참여했어요. 어머님에게 정면으로 맞설 정도로 기개 있는 사람이었으니 그 후에는 그룹의 주축이 되어 활약했지요……."

하지만 나나에 씨는 위독한 병에 걸려 주위가 허둥거리는 사이에 급사하고 말았다.

"어머님은 슬픔에 젖어 형님 방에서 망연자실하고 계시

다가……. 발견하고 말았어요."

미호코 씨는 목이 메었는지, 극적인 효과를 노린 건지 길게 뜸을 들였고 우리는 무심코 "뭘 발견한 거예요?"라고 한목소리로 물었다.

"형님의 일기장이요. 거기에는 꿈이 꺾인 형님의 고통과 원한이, 매일매일 엄청난 말로 적혀 있었다고 해요. 자기가 큰 병을 얻은 것도, 스트레스 때문, 즉 울분 때문이라고……. 가문이, 부모가 자기를 죽일 거라고……."

성미 급한 대모님의 인내심은 금방 한계에 달했다.

유품을 모조리 마당에 쌓아놓고 불을 지르는 바람에 화재 신고를 받은 소방차까지 출동하는 소동이 벌어졌다. 그게 바로 고인의 사망 당일에 벌어진 일이다.

"보통 그렇게까지 하나?"

"뭘 해도 요란한 사람이네."

다치바나 선생님도 아오키 씨도 불쾌한 표정으로 말했다.

"하지만 역시 심했다고 생각하셨나 봐요. 형님의 개인적인 일기니 아무도 불평할 권리가 없잖아요. 어머님은 아직 화장도 끝나지 않았는데 소지품을 마당에 쌓아 불태우다니 지나친 행동이었다고 자책하셨어요."

"그야 당연하죠."

"그래서 어머님은 얼마 남지 않은 유품을 한데 모아 상자에 담아두었어요."

미호코 씨는 거기서 얼굴을 잔뜩 찌푸리더니 "전부 제 잘못이에요"라고 신음했다.

아오키 씨가 팔을 쿡쿡 찌르며 "이 사람도 왠지 귀찮은 사람이네"라고 귓속말을 했다.

"제가 그만 형님의 특별한 추억이 깃든 물건이라고 넘겨짚고 관에 넣어버렸거든요."

대모님의 발작을 피한 몇 안 되는 유품은 올케의 친절한 마음 때문에 고인과 함께 재가 되었다.

"좋은 일을 한 거잖아요, 그렇지?"

"아니…… 아니에요, 전부 제 잘못이에요."

아오키 씨의 말에 미호코 씨는 눈물을 글썽이며 고개를 저었다.

"그건 어머님께는 자식이 남긴 소중한 유품이었어요. 그래서 평생 가까이 두고 추억으로 삼을 생각이었다고 해요."

"자기도 실컷 태워놓고선."

"아니에요. 다 제 잘못이에요."

미호코 씨는 손수건으로 우아하게 눈시울을 닦았다. 라벤더 향기가 났다.

"어머님은 그만 망연자실해서 반쯤 환자가 되었고, 구스모토 그룹은 형님을 잃은 직후에 어머님까지 그렇게 되셔서 대번에 경영 위기에 처할 것처럼 보였어요……."

하지만 평소 장식품 노릇을 하던 현재 사장이 의외의 수완을 발휘했다. 덕분에 경영은 오히려 순조로웠다고, 사장 부인인 미호코 씨는 여기서 처음으로 조금 자랑스러운 표정을 지었다.

한편 다마에 대모님은 죽은 딸에게 편지를 써서 묘지 근처 우체통에 넣으러 가는 행동을 되풀이했다고 한다.

'천국에 사는 구스모토 나나에 님.'

물론 고인에게 배달될 리가 없다. 전부 수취인 불명으로 되돌아왔다. 주위에서는 적잖이 이상한 행동을 되풀이하는 대모님을 멀찍이서 살펴보며 크게 걱정했다.

"그러는 사이 어머님은 이곳을 찾아낸 거예요. 어떻게 왔는지 본인도 모른다는 것 같은데, 다음에도, 그다음에도 여기까지 올 수 있었다고 해요……."

"아아, 생각났어. 그 대모님, 처음에는 제 발로 혼자 올라왔어요. 지금은 거드름을 피우느라 당신들한테 휠체어를 밀게 하지만."

아오키 씨가 말했다.

미호코 씨는 또 "호호……" 하고 지친 기색으로 웃었다.

"어머님께서 여기서 편지를 어지간히 보내셨다던데……."

"그래요, 처음에는 편지만 가져왔어요. 그래서 공덕 통장도 권해 봤는데."

아오키 씨가 잊고 있었다는 듯이 신비한 온라인 단말기에서 나온 다마에 대모님의 통장을 되돌려 주었다. 다치바나 선생님과 나는 흥미진진하게 들여다보았지만 미호코 씨는 가방 속에 넣어버렸다.

"어머님은 여기서 고인에게 편지를 보낼 수 있어서 큰 위안을 얻으신 것 같았어요."

"별로 위안을 얻은 것 같지는 않던데."

아오키 씨가 빈정거렸다.

"어머님은 편지로 제가 관에 넣은 그 유품을 돌려줄 수 없느냐고 고인에게 부탁하셨다더군요. 정말 저자세로, 겸허하게 부탁하셨대요. 그랬더니 고인이 꿈결에 나타나서……."

새벽녘, 무척 단출한 다다미 여섯 장짜리 방에서 전화기가 울렸다. 잠에서 깬 대모님은 자기가 나나에 씨 방에서 자고 있었다는 사실을 깨닫고 의아하게 여겼다. 하지만 전화

소리가 채근해서 일단 수화기를 들었다. 동시에 잊을 수 없는 독특하고 성급한 목소리가 들렸다.

'잠깐, 잠깐. 엄마, 그 짐이 갖고 싶다고?'

남들에게는 잘하면서 가족에게는 쌀쌀맞았던, 죽은 큰딸의 목소리였다.

대모님은 "아아아"인지 "오오오"인지 모를 괴성을 지르며 몇 번이고 고개를 끄덕거렸다.

'좋아. 어차피 여기서 쓸 것도 아니고. 그래서 다른 건 괜찮고? 그럼 끊는다.'

뚝. 뚜뚜뚜.

그 애 방에는 전화기가 없는데, 이상하네. 그런 생각을 하면서 잠에서 깼다. 대모님은 빅토리아 시대 스타일에 《빨간머리 앤》을 섞어놓은 자기 침실에 있었고, 심장이 쿵쿵 뛰고 있었다.

"아하. 그래서 저쪽에서 소포를 보냈을 거라고 하는 거군요."

아오키 씨가 안경을 닦으며 얼굴을 찌푸렸다.

"꿈결에 나왔다고 그렇게 확신해도 곤란한데. 명계에서 소포가 올 리 없잖아요. 이래서 아마추어는 안 된다니까. 정말 멍청한 할머니야."

"손님에게 그게 무슨 말버릇인가."

다치바나 선생님이 버럭 소리치자 미호코 씨가 움츠러들었다.

"어머님은 저만 보면 한숨을 쉬세요. 저는 그게 괴로워요. 저는 형님과 딴판으로 둔하고 머리도 나쁘고 아무것도 못 하는 여자거든요. 비교해 봤자 헛일이라고 어머님이 실망하시는 것도 이해해요. ……다 제 잘못이에요. 아무것도 못 하면서 괜한 짓만 해서. 소중한 유품까지 관에 넣어버리고."

"잘못하지 않았어요."

나는 미호코 씨의 우울한 주장을 끊으며 적잖이 큰 소리로 말했다.

"네?"

"미호코 씨는 잘못하지 않았어요."

"잘못하지 않았다?"

"네."

"나는 잘못하지 않았어."

미호코 씨가 그렇게 두 번 되뇌었을 때, 쌍여닫이 문에서 대모님이 나타났다.

"누가 잘못하지 않았다고?"

등을 꼿꼿이 펴고 앉은 번쩍번쩍한 휠체어는 마치 움직이는 옥좌 같았다.

※

구스모토 대모님 일행이 돌아가고 얼마 지나지 않아 모닝코트에 줄무늬 바지라는 예복 차림의 신사가 엽서 다발을 들고 찾아왔다. 백발인데도 소년처럼 촐싹촐싹 돌아다니는 할아버지였다.

목간을 찾으려고 커다란 사다리에 올라 천장 밑을 들여다보고 있던 나는 황급히 내려왔다. 그러다가 형광등 줄이 머리카락에 엉켜서 균형을 잃고 그만 굴러떨어질 뻔했다. 겨우 무사히 착지하자 모닝 신사가 크게 박수를 쳤다.

"자, 이거."

우편 창구에 나란히 놓인 푸들 인형을 우르르 쓰러뜨리며 모닝 신사가 백중(*음력 7월 15일을 전후로 죽은 사람이 찾아온다고 믿는 명절로 최근에는 양력으로 치르며 평소 고마운 사람들에게 여름철 안부를 겸해 선물을 하는 풍습이 있다.) 선물이라고 적힌 상자를 올려놓았다.

"카페오레 세트입니다. 다 함께 마셔요."

모닝 신사는 짧고 굵은 손가락으로 푸들 인형들을 도로 세우더니 만족한 듯 고개를 끄덕였다.

"그리고 이것도 잘 부탁합니다."

카페오레 상자 위에 엽서 다발을 얹는다.

"접수했습니다."

"그래요. 그럼."

모닝 신사는 길쭉한 눈썹 밑 가느다란 눈으로 나를 바라보더니 잰걸음으로 문밖으로 나가버렸다. 그가 향한 방향은 이누야마산에서 내려가는 비탈길이 아니라 뒤뜰에 있는 꽃밭이었다.

'저 할아버지도 죽은 사람이구나.'

내 마음속에 불어온 바람이 우체국 건물에 달린 풍경을 울렸다.

모닝 신사는 지옥극락문의 행렬에 끼어서도 여전히 출싹거렸다. 회중시계를 꺼내서 시간을 확인하는가 싶더니 갑자기 스쾃 운동을 시작해서 주위에 폐를 끼치고, 아카이 국장님에게 재떨이를 갖다달라고 해서 큼직한 시가를 피우기 시작했다.

'금년도 백중 단체무용 안내'라고 적힌 대량의 엽서에 우표를 붙이고 있던 나는 아오키 씨의 지시로 모닝 신사가 의뢰한 일을 먼저 처리하기로 했다.

이번에 세상을 하직했습니다. 생전에 베풀어 주신 후의에 감사드리며, 여러분의 장수를 거듭 기원하고, 한발 먼저 피안으로 떠나려 합니다. 우란분, 추분, 춘분 등 앞으로 신세를 질 일도 많을 줄로 압니다. 남은 가족들과도 변함없이 교류해 주시길 부탁드리는 바입니다.

엽서 다발에는 그런 문구가 적혀 있었다.
"정말 배달될까?"
대모님이 꾼 꿈처럼 모닝 신사가 보내는 이 네모난 엽서에 담긴 안부 인사도, 다들 꿈결에 듣게 될까?
아오키 씨는 눈높이로 엽서를 한 장 집어 들어 팔랑팔랑 흔들었다.
"사람은 죽는 순간까지 귀찮다니까. 정말."
저쪽 좀 보라는 듯이 창밖의 행렬로 눈길을 돌리기에 나도 따라서 시선을 돌렸다.
지옥극락문 앞에 선 사람들은 건강하기 짝이 없어, 만약 그럴듯한 복장을 하고 번호표를 가슴에 달았다면 마라톤 출발선으로 착각할 정도였다. 개중에서도 모닝 신사는 기운이 넘쳤다. 이번에는 혼자서 국민 체조를 하기 시작했다.

"저 사람들, 모두 돌아가신 분들이군요. 전혀 그렇게 안 보이는데."

"죽으면 보통은 저렇게 건강해져. 질병도 상처도 낫고, 고민도 사라지거든. 죽은 후에도 고통이 사라지지 않는 사람이나 고민과 원한이 남는 사람은 원령이 되니까. 저 문 너머로는 가지 못해. 너도 봤지? 저번에 온, 그 두꺼운 화장에 불에 그슬린 애."

아오키 씨가 일전에 쫓아낸 여자를 말하는 것이다.

"시마오카 마리코 씨 말이에요? 그 사람, 원령이었어요?"

"뭐 그렇지. 그 모습으로 봐서 복잡한 사정이 있겠지만. 그 사정 때문에 사실 그 애, 아직 절반은 살아 있다고 봐야 해. 죽지도 못하고 살지도 못하고, 그래서야 살아 있는 시체나 다름없단 말이지. 알겠어? 그런 게 제일 무서운 거야. 너도 조심해. 그런 건 한번 들러붙으면 미련이 풀릴 때까지 떨어지지 않으니까. 호러 영화에 흔히 나오는 패턴이지."

아오키 씨는 무서워 죽겠다는 듯이 말하며 몸을 떠는 시늉을 했다.

조심하라고 해도 무엇을 조심해야 할지 짐작도 가지 않는다.

'저 사람들과 마리코 씨는 어디가 다른 걸까?'

나는 창밖으로 시선을 돌렸다.

정장을 차려입은 사람들은 문 옆에서 휴식을 취하는 아카이 국장님에게 정중하게 인사를 하며 꽃밭 속으로 사라졌다.

"괜찮아, 배달돼."

아오키 씨가 생각났다는 듯 엽서를 물끄러미 쳐다보다가 내게 돌려주었다.

"정말이지, 사람은 죽는 순간까지 귀찮다니까."

그런 말을 되풀이하더니 사무용 책상 서랍에서 초콜릿 과자를 꺼내 먹기 시작했다.

❊

태풍이 태평양을 빠져나간 아침의 일이다.

도텐 우체국은 글자 그대로 태풍이 휩쓸고 간 것처럼 난리통이었다. 건물 안 물건들이 사라진 것이다.

"물건이라니……."

미사용 공덕 통장 다발, 출근기록부, 필기구 몇 가지, 로비에 있던 만화책, 미호코 씨에게 받은 푸들 인형, 어디에 기부하는지 모를 모금함, 아오키 씨가 애용하는 탁상 선풍기와 서랍 속 과자, 아카이 국장님이 아끼는 시가라키 도자기 꽃병 등등, 분실물에 통 맥락이 없다.

"도둑이에요, 큰일이야."

가장 패닉을 일으킨 것은 도텐 씨로, 장사 도구인 세발솥까지 사라졌다고 했다.

"어제 마지막으로 돌아간 사람은 누구야? 문단속 안 한 것 아니야? 정말 여기 사람들은 모든 면에서 칠칠치 못하다니까. 프로로서 긴장감이 부족해."

아오키 씨가 사람들을 매섭게 쏘아보자 우체국 안 분위기가 험악하게 변했다.

나는 몸을 내밀어 아오키 씨의 책상 위에서 카페오레 스틱을 집어 머그잔에 넣고 뜨거운 물을 부었다.

"아아아, 도둑! 이제 보니 전부 네 소행이구나!"

"하지만 이건 손님이 다 함께 먹으라고 준 거잖아요."

"넌 처음부터 수상했어. 항상 몰래 여기저기 뒤지고 다니잖아."

목간을 찾으라고 했던 걸 잊었는지 아오키 씨가 나를 의심했다. '물건 찾기 담당'인 나는 아랑곳하지 않고 진범을 찾기로 했다.

"흠."

우체국 안을 둘러보니 분명 침입자의 흔적이 남아 있었다. 살금살금 침입해 살금살금 절도한 게 아니다. 대충 밀어내거나 꺼내서 닥치는 대로 집어 간 느낌이었다.

"……."

나는 느릿느릿 우체국 안을 한 바퀴 돌았다. 일단 화를 낸 이상 물러날 타이밍을 찾지 못한 아오키 씨가 따라왔지만 역시 개의치 않고 넓은 꽃밭으로 나갔다.

"잠깐, 너. 달아날 셈이야?"

"쉿."

나는 아카이 국장님이 잘 가꾼 꽃밭 지면을 손가락으로 가리켰다.

작은 발자국이 비틀비틀 좌우로 어지럽게 이어져 있다.

그 끝에는 아카이 국장님이 주말을 이용해 만든 서양식 정자가 있었다.

우체국장에 걸맞은 일을 하는 모습을 본 적이 없는 아카이 국장님이지만 정원 일과 목수 일은 프로 저리가라다. 팔각형 벽면과 테라코타 기와를 얹은 건물은 마치 공예품처럼 훌륭했다.

그 정자까지 작은 보라색 꽃들이 에워싸고 있는 오솔길

이 커브를 그리며 이어졌다. 나는 몸을 웅크려 땅바닥을 유심히 보면서 터벅터벅 걸어가다가 바로 다시 몸을 웅크렸다. 또 불평을 쏟아내려던 아오키 씨 눈앞에 빈 초콜릿 과자 상자를 내밀었다.

"어머나, 내 거잖아?"

"적은 식탐이 강해요."

나는 작게 입을 벙긋거려 설명하고 조용히 정자로 다가갔다.

핑크색 덩굴장미를 둘러 고전 소녀만화처럼 탐미적인 건물 안, 우아한 디자인의 벤치에 범인이 있었다.

아직 초등학교 입학 전으로 보이는 소년으로, 애니메이션 캐릭터가 그려진 잠옷을 입고 발은 맨발이었다.

유성매직으로 공덕 통장에 정신없이 낙서하는 가느다란 팔에는 링거 튜브가 늘어져 있고, 산소호흡기를 마치 작은 모자처럼 머리에 쓰고 있었다.

도텐 씨의 세발솥 안에서는 푸들 인형들이 강강술래라도 하듯 둥그렇게 모여 있었다. 아오키 씨는 "아아, 이런 곳에!" 하고 비통한 목소리를 내더니 인형을 하나하나 꺼내 품에 안았다.

"너도 죽은 아이니?"

나는 화난 목소리로 물었다.

"맞아."

"남의 물건을 멋대로 집어 가다니, 나쁜 아이네."

"나쁜 아이 아니야. 형을 따라 한 거야. 그러니까 불쌍한 아이야."

"흐응. 그렇단 말이지?"

무슨 뜻인지는 잘 모르겠지만 사정이 있는 것 같아 알아들은 척했다. 옆에 굴러다니는 귤 상자를 끌어당겨서 바닥에 잔뜩 널브러진 절도품들을 집어넣었다.

"우체국에는 이런 상자 없었는데. 어디서 가져왔어?"

"몰라. 그냥, 있었어."

색종이와 만화 스티커를 콜라주처럼 붙인 상자는 분실물을 담으니 마치 싸구려 보물상자처럼 보였다. 어렸을 때 나도 이런 걸 가지고 있어봐서 옛날 생각이 났다.

"너, 이름이 뭐야?"

"아유무."

"난 아베 아즈사. 저쪽 아저씨는 아오키 씨."

"우리 모두 '아'로 시작하네."

아유무가 웃었다. 나는 "그러네"라며 대답하고 상자를 아오키 씨에게 건넨 뒤 잠옷을 입은 자그마한 아유무를 등에 업었다. 병사한 것으로 보이는 아이는 몹시 가벼워서 마음이 저릿하게 아팠다.

"아유무란 이름은 걷는다는 뜻인데, 나는 살아 있었을 때 한 번도 걸어본 적이 없어. 한 번도 말을 해본 적이 없어. 한 번도 입으로 뭘 먹어본 적이 없어……."

아유무의 '한 번도'는 끝없이 이어졌고, 아오키 씨와 나는 애처로운 마음으로 이야기를 들었다.

"엄마는 내 이름을 부를 때마다 걷지도 못하는 아이에게 불쌍한 이름을 지었다고 미안해했어. 말로 하지는 않았지만 나는 알 수 있었어."

"그랬구나."

침대 위에서 축 늘어진 자그마한 몸이 넓은 꽃밭 속에 어른거렸다.

간호하는 어머니가 큰아이를 데리고 병실에 온 아버지와 눈짓을 주고받는다. 부모도 큰아이도, 평소와 같이 대화하면서 그저 살아 있을 뿐인 아유무의 무표정한 잠든 얼굴을 바라본다. 부모는 아유무를 사랑하지만 동시에 죽음을 바라고 있다. 이렇게 고통받기만 하는 생명이라면 빨리 끝나는 게 낫다. 원래 있던 곳으로 순순히 돌려보내 주는 편이 훨씬 낫다. 아유무도, 그들도, 그래야 겨우 구원받는다.

'그런 생각을 해야 하다니 슬프지만.'

한 살 많은 형은 부모님을 독점하고 사람들을 슬프게 만드는 동생이 싫었다. 아유무는 하나도 귀엽지 않다. 아유무 때문에 매일 모두가 괴롭다.

어린 형은 집 안의 물건들을 숨겨서 부모님을 곤란하게 했다. 아무리 말썽을 부려도 야단치려 하지 않는 부모에게 너무 화가 났다.

'어째서 나는 살아 있는 것만으로 사람들을 힘들게 하는 걸까.'

태어나서 한 번도 깨어난 적 없는 아유무는 수면 속에서 계속 그렇게 질문했다.

"이 잠옷 말이야. 형한테 물려받은 거야. 사실은 환자복을 입어야 하는데, 내가 정말 죽을 것 같으니까 형이 줬어. 그렇게 많이 싫어하는 건 아닌 것 같아서 기뻤어."

아유무가 정말 기쁘다는 듯이 말해서 눈물샘이 터졌다.

"사람 울리는 소리 하지 마, 나쁜 아이네."

"미안해요."

아유무는 사과하면서도 "야단맞았다~" 하며 촐싹거렸다.

❦

잠옷 차림의 아유무를 데리고 우체국 건물로 돌아오자 다마에 대모님이 기다리고 있었다.

전보다 얌전한 무늬의 기모노를 입고 있어서 그런지 박력이 줄어든 것처럼 보인 것도 잠시, 아오키 씨와 내가 돌아온 것을 보자마자 분통을 터뜨리는 버릇이 되살아났다. 여전히 남색 양복을 입은 운전사와 며느리 미호코 씨를 휠체어 양옆에 거느리고, 건드리면 베일 듯한 긴장감을 주위에 흩뿌리기 시작했다.

"강도가 들다니 얼마나 관리가 부실했으면! 이곳 경비는 어떻게 된 거죠? 강도는 어디에 있어요!"

강도는 여기에, 하고 등에 업은 비쩍 마른 아이를 보여주었다.

"어머나."

아유무의 애처로운 모습에 대모님도 잠시 수그러드나 싶었지만 바로 아오키 씨가 들고 있는 상자로 시선을 돌렸다.

"이 상자……."

"귤 상자입니다만."

아오키 씨가 쭈뼛거렸다.

"이거, 우리 나나에가 갖고 있던 귤 상자예요."

"부잣집 아가씨가 귤 상자를 썼다고요?"

죽은 나나에 씨가 어렸을 때 장난감 상자로 쓰던 것이라고 한다.

좋아하는 스티커나 색종이를 붙여 두었지만 그래 봤자 아이 솜씨라 엉망이다. 게다가 원래 귤 상자이다 보니 구질구질하기 짝이 없다. 대모님은 나나에 씨가 집에 없을 때 한번 이 상자를 버린 적도 있었다.

하지만 상자는 어느 틈에 집에 돌아와 있었다. 나나에 씨는 어머니를 탓하지는 않았지만 반년 정도 변변히 말도 하지 않았다. 그리고 세상을 떠나기까지 몇십 년 동안 나나에 씨는 이 상자를 소중하게 아꼈다.

"어째서 이 상자……. 잠깐 기다려. 아아, 큰일이야……."

대모님은 휠체어를 박차고 일어나 관절염을 앓는 다리를 끌면서 돌진해 왔다. 대모님의 기세에 겁을 집어먹은 아오키 씨가 날카로운 비명을 지르며 뒤로 물러났다.

"이거…… 이 상자였어……. 이게…… 어디야?"

"이게 형님의 마지막 유품을 넣어두었던 상자예요. 어디에 있었나요?"

며느리 미호코 씨가 당혹감에 말을 잃은 대모님의 마음

을 통역해 주었다. 장례식 때 미호코 씨가 이 상자까지 접어서 관에 넣어버렸다는 모양이다.

"다시 말해 한 번 저쪽에 갔다 온 물건이라는 건가?"

아오키 씨는 놀란 기색으로 말하더니 책상 위에 있는 검은 표지 파일을 꺼냈다. 겉에는 붓글씨로 '기적부'라고 적혀 있었다.

"처음 있는 일이야."

아오키 씨는 상자를 힐끔거리며 '기적부'에 뭔가 기록하기 시작했다.

일단 화장으로 태운 물건이 눈앞에 나타나자 대모님은 여전히 말로 할 수 없는 감격의 신음을 흘렸다. 도텐 씨가 조금 떨어진 곳에서 잡동사니들과 함께 도둑맞은 세발솥의 무사귀환을 확인하고 싶어서 초조하게 발을 굴렀다. 아마 대모님이 무서워서 가까이 다가오지 못하는 것이리라.

"내용물이…… 안에 들어 있던 물건들은, 어찌 된 게야!"

대모님이 갑자기 정신을 되찾고 외쳤다. 죽은 딸과 함께 화장한 물건들을 말하는 것이다.

사람들의 눈은 링거 튜브를 매단 작은 소년에게 쏠렸고, 시선을 받은 당사자는 어리둥절한 표정으로 말했다.

"난 몰라. 그 지저분한 상자만 저기 떨어져 있었는걸."

"지저분하다니, 어쩜 이리 무례한 아이가 다 있담! 이건 내 딸의 보물상자야."

한 번은 쓰레기처럼 내다 버린 자기 행동은 잊고 다마에 대모님이 격노했다. 하지만 그 분노는 지팡이를 머리 위로 휘두르는 자세와 함께 뚝 그쳤다. 온몸에서 뿜어내는 분노와 기운이 쉬이익 소리를 내며 잦아드는 게 눈에 보이는 듯했다.

"꼬마야, 혹시 너도 죽은 아이니?"

대모님이 마치 다른 사람처럼 다정한 목소리로 묻자 주위 사람들은 오히려 겁을 먹었다.

아유무만 혼자 생글거렸다.

"맞아. 지금 나는 말도 할 수 있고 걸을 수도 있고 입으로 음식도 먹을 수 있지만. 지금까지는 아무것도 할 수 없어서 사람들을 힘들게 했어. 하지만 지금은 건강해. 그러니까 지금은 할머니가 말하는 것만큼 나쁜 아이가 아니야."

"활달하고 똘똘한 꼬마로고. 우리 며느리보다 훨씬 똑부러지는구나."

아유무의 짧은 생애에 대해 대모님은 금방 어느 정도 파악한 것 같았다. 갑자기 온화한 표정으로 보행용 지팡이까지 내던지고 아유무에게 다가갔다.

"꼬마야, 그런 모습으로 저쪽으로 떠나면 안 돼. 할머니가 옷을 사줄 테니 따라오렴."

그렇게 말하자마자 링거 튜브와 산소호흡기를 단 아이의 손을 끌어 밖으로 데려가 버렸다. 죽은 사람을 데리고 산을 내려갈 셈인가 싶어 당황하는 도텐 우체국 사람들을 무시하고 대모님은 정말로 실행에 옮겼다.

두 사람은 점심이 훨씬 지나서야 다시 나타났는데, 아유무는 귀족 도련님 같은 옷을 입고 함박웃음을 짓고 있었다.

"형도 못 먹어봤을 맛있는 음식을 먹었어."

수명이 다할 때까지 결국 한 번도 메어보지 못한 책가방까지 선물받은 아유무의 모습은 초등학교 입학식에 가는 아이처럼 보였다.

"그럼 기념촬영을 합시다."

그렇게 말하는 대모님을 아카이 국장님이 말렸다.

"손님, 여기서 사진을 찍으면 심령사진이 됩니다."

지당한 소리다.

"이렇게 인정 없고 융통성 없는……."

대모님은 평소처럼 분통을 터뜨리려다가 마음을 고쳐먹은 듯 입을 다물었다. 하지만 아카이 국장님이 그렇게 말하기 전에 이미 사진을 찍어버린 나는 휴대전화를 황급히 청바지 주머니에 집어넣었다.

"할머니, 정말 고마웠어요."

아유무는 복장에 어울리는 예의 바른 태도로 대모님에게 인사하더니 정원의 꽃들을 향해 혼자 달려갔다. 어른들 사이를 한 바퀴 돌더니 높은 소리로 까르르 웃었다.

"아즈사 누나, 안녕! 할머니, 안녕!"

그 목소리를 들은 대모님과 나는 누가 먼저랄 것 없이 서로의 손을 붙잡았다.

점묘화처럼 아스라한 풍경 속에서 아유무의 왕자님 같은 모습이 원래의 꾀죄죄한 잠옷 차림으로 돌아간 것처럼 보였다.

"안녕, 형아."

아유무는 결국 형에게 받은 애니메이션 캐릭터 잠옷을 입고 문 저편으로 사라져 버렸다.

사무실에 둔 귤 상자에는 어느새 곱게 접힌 아유무의 옷이 담겨 있었다. 팔에 매달고 있던 링거 튜브와 산소호흡기도 옷 위에 나란히 놓여 있었다.

"이건 내가 죽었을 때 관에 넣어주렴."

다마에 대모님은 그렇게 말하며 귤 상자를 들더니 휠체

어를 그대로 두고 혼자 비탈길을 내려갔다. 모두 안도의 한숨을 내쉰 순간, 대모님이 뒤를 돌아보더니 평소처럼 무서운 목소리로 고함쳤다.
"어허, 시간은 돈이야! 냉큼 움직여!"
"예."
남색 양복을 입은 운전사가 처음으로 작은 한숨을 쉬었다. 미호코 씨는 우리 쪽을 자꾸 돌아보고 고개를 숙이면서 시어머니의 뒤를 쫓아갔다.

4
심령 스팟, 심령 현상

아카이 국장님은 정원 가꾸기에 진심이었다.

엄청난 기세로 잡초를 뽑아 농업용 외발 수레에 쌓더니 몸속에 증기기관이라도 내장된 것처럼 더 엄청난 기세로 퇴비함으로 옮겼다. 그 작업을 마치자 이번에는 다른 퇴비함에서 숙성된 퇴비를 운반해 변함없는 기세로 식물 뿌리 쪽에 뿌렸다. 하는 일 자체는 어디로 보나 슬로라이프의 실천인데 그 열기 때문에 지구가 달아오를 것 같았다.

나는 그렇게 기관차처럼 일하는 아카이 국장님에게 삽을 빌려 와서 넓은 부지를 둘러보았다.

"목간을 찾으려면 역시 발굴이 제격이지."

이누야마히메와 체결한 계약서, 분실한 목간을 찾기 위해 밖으로 나와보았지만 명계로 통하는 꽃밭은 둘러보기만 해도 한숨이 나올 정도로 넓었다. 온통 흐드러진 꽃으로 가득하니 저도 모르는 사이에 마음도 들떴다.

바람을 타고 발밑에서 머리끝까지 올라온 꽃향기가 미련 없이 흘러갔다.

"그럼 나도 힘내 볼까?"

억누를 수 없는 고양감에 그만 콧노래까지 부르며 꽃밭 옆, 누가 봐도 문화재 흔적처럼 생긴 무너진 토벽이 있는 자리를 파기 시작했다.

맹렬하게 잡초를 뽑고 있던 아카이 국장님은 내가 탐색 작업을 시작한 것을 보고 쏜살같이 다가와 함께 땅을 파기 시작했다. 아카이 국장님은 딱딱하기 그지없는 무너진 토벽을 마치 푸딩처럼 쉽게 파냈다.

그 파워에 새삼 감탄하고 있는데 이번에는 아카이 국장님 못지않은 기세로 아오키 씨가 달려왔다.

도와주러 온 줄 알았는데 아오키 씨는 이마 한가운데에 핏줄을 세우며 날카롭게 외쳤다.

"당신들 뭐 하는 거야!"

"뭘 하기는."

"목간을 찾고 있는데요."

우리가 나란히 종알거리자 아오키 씨가 평소보다 더 창백한 얼굴로 꽥꽥거렸다.

"여, 여기가 어딘 줄 알고? 여긴 그 신사 토대란 말이야!"

아오키 씨는 내게서 삽을 낚아채려 했다.

아카이 국장님이 태연한 기색으로 그런 아오키 씨를 뒤에서 붙들었다.

"아오키. 그런 걸 신경 쓰면 아무것도 못 해."

"하지만, 하지만. 신사 터를 팠다가 부정 타면 어쩌려고 그래요?"

"꺅!"

나는 뒷걸음질을 치다가 아카이 국장님이 판 구덩이에 떨어지고 말았다.

"신사라면 이미 무너졌는데, 뭘. 그보다 이 이상 복잡한 문제가 벌어지지 않도록 기청문을 찾는 거니까, 지금은 아즈사의 재능을 믿어보자고."

하나도 모르겠지만 어쩐지 일이 커졌다.

딱히 이 토벽을 꼭 파야 하는 것도 아니고 아오키 씨를 화나게 만드는 게 훨씬 더 무섭다. "다른 장소를 찾아봐요"

하고 구덩이에서 기어 올라가려는데 아카이 국장님이 머리를 콕 밀어서 다시 떨어지고 말았다.

"아오키가 하는 말은 신경 쓸 필요 없어."

아카이 국장님이 웃으며 부자연스러운 방향으로 목을 꾹꾹 꺾는 바람에 아오키 씨가 고통스러운 비명을 질렀다. 한 손으로 간단히 아오키 씨를 제압하는 아카이 국장님을 보고 겁먹은 나는 냉큼 구덩이를 다시 파기 시작했다.

"저기요, 국장님."

고개를 덜덜거리며 돌아가는 아오키 씨를 보면서 아카이 국장님의 등 뒤에 대고 물었다. 초자연 레벨의 완력에는 놀랐지만 그래도 온화한 아카이 국장님과 있으면 긴장이 풀린다. 말투도 그만 친구를 대하듯 바뀌었다.

"전에 드라이브인 폐허에서 그랬잖아요. 훨씬 굉장한 심령 스팟이 근처에 있다면서요. 그거 사실 이 도텐 우체국 얘기죠?"

"응, 맞아."

아카이 국장님이 고개를 끄덕거렸다.

"하지만 여기에 담력시험하러 오는 사람은 없잖아요. 어째서 여기는 방송사가 찾아올 만큼 더 유명해지지 않는 거죠? 저세상하고 연결되어 있다니 굉장하잖아요."

"그렇지? 그렇게 생각하지?"

칭찬한 것도 아닌데 아카이 국장님은 기쁘다는 듯이 함박웃음을 지었다. 둥그런 붉은 얼굴이 더욱 홍조를 띠어 새빨개졌다.

"저, 이상하다고 생각했는데요……."

내가 판 구덩이는 아카이 국장님의 몇십 분의 일에도 미치지 못했지만 벌써 중노동으로 녹초가 되어 입만 열심히 놀렸다.

"여기는 돌아가신 분들이 쓰는 터미널이지만 죽은 이들만 쓰는 장소가 아니라……. 다마에 대모님이나 다치바나 선생님처럼 팔팔하게 살아 있는 사람들도 많이 와서 편지를 보내거나 공덕 통장을 정리하고 가잖아요? 우연히 길을 헤매다 찾아오는 경우도 있을 테고요. 산 뒤편에는 심령 스팟인 이누야마 드라이브인도 있고. 게다가 이누야마산은 옛날에는 빠지지 않는 소풍 코스였고요."

"응, 그렇지."

"하지만 세상에서는 도텐 우체국을 전혀 모르잖아요."

박물관의 나비넥타이 아저씨는 "도텐 우체국이라는 우체국은 없다"고 단언했다. 그렇게 극히 한정된 사람들만 도텐 우체국을 아는 것은 너무 부자연스러웠다.

"괜찮아. 여기는 진짜 심령 스팟이거든."

아카이 국장님이 태연히 말했다.

"도텐 우체국은 정말 이곳을 필요로 하는 사람들만 선택해. 도텐 우체국이 선택한 사람만 올 수 있어."

"도텐 우체국이 사람을 선택한다?"

"세발솥으로 태운 메시지가 배달되듯이 이곳을 필요로 하는 사람은 순수한 확신을 품고 찾아오거든. 실은 죽은 사람도 마찬가지야. 저쪽으로 갈 수 있는 사람만 헤매지 않고 찾아오거든."

반대로 아카이 국장님은 도텐 우체국에 용건이 없는 사람에게 이곳은 절대 인지하지 못하는 사각지대라고 했다. 물리적으로 존재하는데 산 자든 죽은 자든 도텐 우체국이 필요하지 않은 사람은 눈앞에 있어도 보지 못한다. 이곳에 오려는 마음조차 들지 않는다.

"산 사람도 죽은 사람도 보통은 우리 우체국에 관심이 없다면 오지 않지만, 죽어서 성불 못 하는 사람 중에 가끔 길을 잘못 들어 찾아오는 경우도 있거든."

"마리코라는 그분처럼요?"

"응, 그 사람도 그렇지. 아무래도 유령이니까 산 사람보다는 이곳을 잘 찾아내겠지만."

도텐 우체국은 산 사람보다 유령이 더 찾기 쉬운 장소. 그렇기 때문에 진짜 심령 스팟인 것이다. 그렇게 생각하니 더더욱 무서웠다.

아카이 국장님은 그런 내 생각을 읽었는지 손길을 멈추고 돌아보았다.

"너무 심각하게 생각할 필요 없어. 아즈사가 평소에도 존재하는데 보이지 않는 것, 존재를 느끼지 못하는 건 그 밖에도 많을 테니까."

항상 다니는 길가의 건물이 철거되면 그곳에 원래 무엇이 있었는지 기억하지 못하는 건 흔한 일이다. 네잎클로버는 그것이 행운의 부적이라고 해도 어지간히 눈에 불을 켜고 찾지 않으면 찾을 수 없다.

"인생도 똑같아. 사람은 가고 싶은 곳에 가고, 자기가 하고 싶은 일을 하잖아. 꿈을 갖고 실현하기 위해 가능한 모든 노력을 하면 분명 이루어져. 말로만 하는 꿈은 꿈이 아니라 허풍으로 끝나버리지만."

"예······."

인생론으로 얼버무린 느낌도 없잖아 있다.

"뭐, 아즈사의 경우만큼은 이쪽이 필요해서 와달라고 한 거지만."

아카이 국장님은 동그란 눈을 반짝거리며 무너진 토벽 옆에 무성하게 핀 새파란 수레국화를 뽑기 시작했다. 적당히 할 줄 모르는 사람이라 굵은 팔로 다 품지 못할 만큼 뽑더니 "아즈사 책상에 장식해 줄게" 하며 고원의 소녀처럼 팔짝팔짝 뛰며 우체국 건물로 돌아갔다.

나도 함께 쉬려고 돌아가려다가 무심코 걸음을 멈추었다.

지옥극락문과 다른 방향, 퇴비함이 있는 쪽에서 낯익은 사람이 어슬렁거리고 있었다. 키는 큰데 몹시 위축된 느낌으로, 어깨를 늘어뜨린 50대…… 벌거벗은 남자.

"세키야마 씨?"

내가 들고 있던 삽을 떨어뜨리자 멀리 있던 벌거숭이도 이쪽을 보았다. 분명 만게쓰 식당에 오는 세키야마 씨였다.

'세키야마 씨, 죽은 건가?'

이 지옥 1번가에 왔으니 다른 가능성은 없다.

'그나저나 꼴이 왜 저래?'

내가 아연실색하는 동안 부끄러운 줄도 모르고 놀라서 허둥지둥 날뛰던 벌거벗은 세키야마 씨의 모습이 순식간에 투명해졌다.

'어떻게 된 영문이지?'

벌거숭이 세키야마 씨는 이윽고 안개처럼 사라졌다.

너무 괴상한 것을 보았다는 불쾌함만 가슴속에 남아서, 세키야마 씨에게 무슨 일이 생긴 건지 신경 쓰이지 않는 것도 이상했다. 나는 쉬려던 것도 잊고 "으음" 하고 신음했다. 두 번 세 번 "으음, 으음" 하고 되풀이하며 느릿느릿 땅 파는 작업으로 돌아갔다. 그리고 내가 종종 그러듯 몰두하는 사이 자연히 머릿속에서 사라졌다.

얼마나 땅을 파댔을까, 딱딱하게 굳은 땅속에서 반짝하고 빛을 한 점 반사하는 물건이 눈에 들어왔다.

'금속 물체.'

나는 직감했다.

그것이 무엇이든, 숨겨진 물건을 찾아냈을 때 특유의 달콤하고 근질근질한 환희가 치밀어 올랐다.

딱딱한 땅속에서 내가 파낸 것은 사방 30센티미터쯤 되는 금색 도장이었다. 일본사 수업 때 배운 '한위노국왕(漢委奴國王)' 도장과 흡사했다.

'보물이다!'

나는 정신없이 도텐 우체국 사무실로 달려갔다.

고인을 애도하듯 내 책상에 꽃을 꽂고 있던 아카이 국장님의 거대한 몸을 날려버릴 기세로 밀어내고 서랍에서 인주를 꺼내 찍어보았다.

이누야마히메노미코토[狗山比売命]

"굉장한 보물이 나왔어요. 이거, 옛날에 여기 있던 신의 도장이죠?"

나는 너무 흥분해 아카이 국장님과 아오키 씨를 손짓해 불렀다.

그 난리법석에 밖에서 모닥불을 피우던 도텐 씨까지 달려왔다.

"……이누야마히메노미코토."

들떠 있는 나는 거들떠보지도 않고, 도텐 우체국 사람들은 긴장한 얼굴로 서로 마주 보았다.

❀

우체국 직원 세 사람은 금 도장을 보자마자 완전히 기운을 잃고 말았다.

아카이 국장님은 수레국화를 자기 책상에도 장식하더니 드물게 그 앞에 풀썩 앉아버렸다. 붉은 얼굴에서는 표정이 사라졌고 영업 종료 시각까지 그는 입도 벙긋하지 않았다.

아오키 씨는 황급히 화장실로 달려가서 30분이 넘도록

나오지 않았다. 저녁 무렵까지 그런 행동을 되풀이하더니 얼굴이 반쪽이 되었다.

그 두 사람보다도 도텐 씨가 가장 심각했는데, 장승처럼 굳어버린 아카이 국장님과 아오키 씨 대신 익숙하지 않은 업무를 도우려다가 결국 무엇 하나 제대로 못 해내고 완전히 풀이 죽어버렸다. 신비한 온라인 단말기 사용법을 몰라서 손님에게 야단맞고, 아카이 국장님이 내팽개친 정원 도구를 치우려다가 허리를 삐끗하더니 급기야 금 도장에 두 손을 모으고 열심히 기도하기 시작했다. ……정확히는 사죄하기 시작했다.

토지를 둘러싼 신사와의 갈등은 생각했던 것보다 심각할지도 모른다.

하지만 신기한 물건을 찾아낸 내 흥분은 식을 줄 몰랐다. 도텐 우체국의 실체에 겁을 먹고 우울해했던 게 벌써 몇 년 전 과거의 일처럼 느껴졌다.

"뿌듯한 하루였어."

퇴근 러시아워가 시작되는 시간, 나는 자동차 행렬과 반대로 석양을 향해 자전거를 몰았다.

역시 물건 찾기는 훌륭한 재주고, 이것을 업으로 삼을 수 없을까 고민했다.

석양을 바라보며 집으로 돌아간다는 건 충족감에 서정성을 더한다.

초록빛 평원 끝, 따스한 컬러 그러데이션이 퍼진 하늘에 그저 멍하니 시선을 빼앗겼다.

그 시야 구석, 자전거의 낡은 백미러에 별안간 사람 얼굴이 비쳤다.

'아……'

한쪽만 불에 그슬려 오그라든 굽슬굽슬한 머리카락, 핏기가 영원히 사라진 피부를 화장으로 가린 사람.

'원령 마리코 씨?'

그 진홍빛 입이 뻐끔뻐끔 움직인 순간, 아오키 씨가 한 말이 떠올랐다.

'죽지도 못하고 살지도 못하고, 그래서야 살아 있는 시체나 다름없단 말이지. 알겠어? 그런 게 제일 무서운 거야. 너도 조심해. 그런 건 한번 들러붙으면 미련이 풀릴 때까지 떨어지지 않으니까.'

"아앗!"

균형을 잃고 자전거와 함께 좁은 갓길 아래 논두렁으로 굴러떨어졌다.

곧이어 핸들을 잘못 조작한 미니밴이 내 쪽으로 크게 휘청거리며 지나갔다.

심장이 펄떡거렸다. 만약 논에 떨어지지 않았다면 차에 치였을 것이다.

흙투성이로 망연히 일어섰다.

뒤를 돌아보았지만 백미러에 비쳤던 반쯤 그슬린 사람은 흔적도 찾아볼 수 없었다.

※

그날 밤부터 어찌 된 영문인지 처음 듣는 노래가 입에서 떨어지지 않았다.

카롤라Ⅱ를 타고
쇼핑을 갔더니
지갑이 없어서
그대로 드라이브

단조로운 노래가 논에 굴러떨어진 이후로 그칠 줄 모르고 머릿속을 휘저었다.

아는 노래를 몇 마디만 반복하는 거라면 이해하지만

전혀 모르는 곡을 풀코러스로 부르는 건 어떻게 해석해야 할까?

"카로라 투르을 타고오 소핑을 가았더니이."

양치질을 할 때도 무의식중에 노래를 불렀다.

'이건 혹시.'

논에 떨어지기 전에 백미러에 비친 불에 그슬린 그 사람······. 시마오카 마리코 씨가 머릿속을 스쳤다.

이 노래는 그녀를 목격한 것과 상관이 있을까?

창문으로 들어오는 미지근한 바람이 스윽 차가워진 것 같았다. 입에 머금고 있던 거품이 갑자기 부풀어 오른 것 같아 황급히 뱉어냈다.

헐떡거리며 올려다본 세면대 거울에 고풍스러운 사자무늬 무용 의상을 입은 소녀가 비친 것만 같아 펄쩍 뒤로 물러났다.

"카롤라Ⅱ를 타고, 어디까지고, 가고 싶네, 영원히, 영원히."

힘없이 노래하는 내 곁에 물론 고전무용 소녀는 없었다. 거울 속에도 굳은 얼굴을 한 내 모습만 보였다.

하지만, 정말 없을까?

❃

 어제 세키야마 씨는 휴가로 온천에 갔다가 욕탕에서 넘어져 의식을 잃고 구급차로 병원에 호송되었다고 한다. 기러기 아빠라 혼자 사는 아파트에 부인이 찾아와 둘이서 근처 온천에 놀러 갔다가 사고를 당한 모양이다.

 "좀 정리되고 나서 부인이 우리 가게에 저녁을 먹으러 왔어. 권태기인 걸까? 부인이 어찌나 하소연을 하던지."

 만게쓰 식당 포렴을 걷고 안으로 들어가자마자 에리 씨가 그런 말을 해서 놀랐다. 도텐 우체국 꽃밭에서 보였다는 건 세키야마 씨의 상태가 심각하다는 뜻일까?

 "오, 에리 씨 친척 아가씨. 오싹한 아르바이트는 그 후로 어때?"

 만게쓰 식당에는 무라시타 씨가 술을 배달하러 왔다가 당연하다는 듯이 그대로 눌러앉아 있었다.

 "음. 그보다 세키야마 씨는 괜찮은 거예요?"

 "뇌진탕이라나? 아니, 부인이 와서 너무 들떠서 그랬다고 했나?"

 대낮부터 술을 진탕 마시고 온천에 너무 오래 들어가 있다가 대야에 발이 걸려 넘어져서 머리를 찧었다. 부상보다 온천에 들어가기 전에 마신 술이 기절한 원인이라는 것 같았다.

"그런데 부인이 들려준 이야기가 은근히 재미있더라고."

의식이 돌아올 때까지 세키야마 씨는 낙원에 있었다고 한다.

끝없이 이어지는 꽃밭 속에서 세키야마 씨는 과거에 경험해 보지 못한 충만한 행복을 느꼈다. 그 행복이 어떤 것인지, 세키야마 씨는 제대로 설명하지 못했다. 아름다워서 말로 표현할 수 없고, 그림으로도 그릴 수 없는, 그런 장소였다는 것이다.

꽃밭 너머에는 훨씬 좋은 곳이 있어, 그곳으로 향하는 사람들이 줄을 지어 있었다. 세키야마 씨도 간절히 줄에 끼고 싶었지만 어떻게 해도 낄 수 없었다. 다들 깔끔하니 잘 차려입었는데 그는 온천에서 바로 와서 알몸이었으니까.

"세키야마 씨, 좀 이상해. 거기서 밭일을 하는 너를 봤다는 거야."

'역시.'

나는 식은땀을 흘렸다.

세키야마 씨는 정말로 임사 체험을 했다. 육체에서 떨어져 나온 영혼이 길을 헤매다가 도텐 우체국 뒤뜰에 들어온 것이다. 내가 그 넓은 꽃밭에서 보았던 환영은 죽음의 문턱에 서 있던 세키야마 씨의 영혼이 분명했다.

"그거, 천국으로 가는 꽃밭 아닐까? 아가씨가 하는 아르바이트, 정말 그런 곳 아니야?"

무라시타 씨는 장난으로 하는 말이겠지만 사실 정곡을 찌르는 질문이었다.

"카롤라Ⅱ를 타고, 어디까지고, 가고 싶네, 영원히, 영원히."

둘러댈 마음은 없었지만 그 노래를 또 흥얼거렸다.

무라시타 씨가 "오랜만에 듣네"라고 하자 에리 씨도 끼어들어 이야기꽃을 피웠다.

"〈카롤라Ⅱ를 타고〉라. 그 노래가 유행했을 때 나는 초등학교 고학년이었어."

"나는 이미 스물여섯이었지. 딸이 유치원에 다녔는데."

"무라시타 씨, 혹시 오자와 겐지 팬?"

"천만에. 그 시절의 나는 더 트라브류(THE TRABRYU)의 〈로드〉만 들었어."

'나는 아직 유치원에도 안 들어갔을 때네.'

그렇게 어렸던 내가 당시 유행가를 알 턱이 없다. 그런데도 무의식중에 흥얼거리고 있다.

❁

 그날은 밤이 깊어질수록 몸이 무겁고 유독 정신도 해이해져서 손가락 하나 까딱하기도 귀찮았다.
 '더위를 먹었나?'
 나는 추운 것보다 더운 것을 더 좋아해서 지금까지 더위를 모르고 살았다. '초겨울 바람'이나 '눈보라'라는 말을 들으면 점점 맥이 빠지는 것과 반대로 '무더위'나 '불볕'이라는 말을 들으면 기운이 난다. 난방용 탁자 앞에 앉아 귤을 먹을 때는 아무 감흥도 없지만, 에어컨 없는 방에서 수박을 먹을 때는 대개 웃음이 나온다. 가는 곳마다 에어컨 스위치를 끄는 바람에 사람들이 싫어한다.
 그런 내가 더위라니, 의아했다.
 "웬일로 더우니까 맥주라도 마시면 낫겠지."
 하지만 꼭 이럴 때 냉장고엔 아무것도 없다.
 나는 무거운 몸을 끌고 공원 입구에 있는 편의점에 갔다.
 카운터 앞에서 주머니를 뒤지는데 지갑을 찾을 수 없었다. 인내심 있게 웃어주는 점원을 앞에 두고 당황하고 있는데 뒤에서 하얀 손이 쑥 나왔다.
 "괜찮다면 이거……."

누군가가 몹시 조심스러운 목소리와 함께 내민 가녀린 손바닥에 5백 엔짜리 동전이 있었다.

불길한 예감에 뒤를 돌아보자 그곳에는 아는 얼굴이 있었다. 반쯤 불에 그슬린 짧은 원피스에 핑크색 헵번 샌들을 신고 배우처럼 단정한 얼굴에 짙은 화장을 한…… 마리코 씨다.

"으악!"

나는 맥주를 카운터에 내팽개치고 그대로 편의점에서 달아났다.

"기다려……."

'안 기다려요!'

쫓기고 있는데 인적 없는 어두운 공원으로 뛰어든 것은 내가 생각해도 실수였다. 하지만 원령에게서 달아나려는데 신호를 기다리거나 육교를 건너는 것도 부자연스럽다. 애초에 원령으로부터 도망친다는 것 자체가 자연스럽지 않지만.

'원령…….'

시마오카 마리코가 원령이라는 건 아오키 씨가 설명해 주었다.

나는 이로써 그 원령을 네 번이나 만난 셈이 된다. 언제나 상대방 쪽에서 접촉해 왔다. 횟수가 거듭된다는 사실 자체도 무섭지만, 그때마다 나와 마리코 씨의 거리가 줄어들었다.

처음에 원령 마리코 씨는 도텐 우체국에 관심이 있었다. 하지만 어제는 부주의한 운전자로부터 나를 구해 주었다. 그리고 이번에는 돈을 빌려주려 했다.

들러붙을 거야. 미련이 풀릴 때까지 안 떨어질 거야.

'어째서?'

분명 내가 도텐 우체국의 허점이기 때문이다.

마리코 씨도 죽은 사람이니 지옥극락문 저편으로 가고 싶겠지. 하지만 죽지도 못하고 살지도 못하고, 살아 있는 시체나 다름없기 때문에 갈 수 없는 것이다.

궁리 끝에 매달린 상대가 실제로는 아무 힘도 없는 아르바이트생인 나였다.

숨이 차서 더는 달릴 수 없어 공원 복판에 있는 광장 끝에서 멈춰 섰다.

버드나무 아래 가로등과 자동판매기 불빛만이 주위를 비추고 있었다. 일렬로 늘어선 그네와 미끄럼틀 기둥에서 뒤틀린 그림자가 길게 뻗어 있었다.

카롤라Ⅱ를 타고

쇼핑을 갔더니

지갑이 없어서

그대로 드라이브

그 노래가 기둥에 설치된 스피커에서 커다란 음량으로 흘러나왔다.

완전히 녹초가 된 나는 날카로운 비명을 지르며 펄쩍 뛰어올랐고, 발소리도 내지 않고 등 뒤에 다가와 있던 존재도 어째선지 함께 펄쩍 뛰어올랐다.

"정말이지, 왜 이래요!"

나는 반사적으로 고함을 질렀다.

살금살금 뒤로 다가온 상대는 예상대로 원령 마리코 씨였지만, 나는 너무 긴장한 나머지 이상한 쪽으로 이성을 잃고 말았다.

"무슨 원한이 있어서 제 주변을 맴도는 거예요!"

"미안해요……."

마리코 씨는 침울하게 고개를 떨구더니 나를 슬쩍 올려다보았다.

"저, 이거……."

그렇게 말하며 내민 것은 주스 캔이었다.

두 손을 뒤로 감출 기세로 사양하자 반쯤 그슬린 마리코 씨는 "나도, 남자 친구도 이걸 좋아했는데……"라느니 "맛도 있고 몸에도 좋아……"라고 중얼중얼 설명하기 시작했다.

원령이 건강을 염려해 줘서 어쩌겠다는 건가. 다시 화가 치밀려는데 이번에는 유난히 씩씩한 다른 목소리가 나를 불렀다.

"아즈사!"

만게쓰 식당의 에리 씨와 그 아들 쇼타다. 어째선지 무라시타 씨도 함께 있어, 마치 원만한 가족처럼 셋이 다정하게 나란히 서 있었다.

살았다는 안도와 함께 이 사람들을 호러 소동에 끌어들여도 되는지 망설여졌다.

그런 생각으로 망설이는 사이 에리 씨와 쇼타는 원령과 딴판으로 활기차게 내 등을 와락 끌어안았다. 얇은 면 블라우스 너머로 땀이 촉촉이 맺힌 팔이 나를 힘껏 사로잡았다.

"아즈사, 어때, 졌지?"

신이 난 에리 씨 모자는 내게 프로레슬링 기술을 걸었다.

'아아, 살아 있는 사람의 기운이야.'

그저 그것뿐인데 감동했다. 추운 겨울에 따뜻한 온천에 들어간 기분이다. 더위를 먹은 것도 원령이 들러붙어서 그런 걸지도 모른다.

"아아, 살아 있다는 건 좋은 거군요."

"어머머, 무슨 일이야?"

이 상황에서는 우스갯소리도 되지 않지만 에리 씨가 유령이라도 보듯 나를 쳐다보았다.

"젊은 처자가 혼자서 어두운 공원에 있다니, 친척으로서 내가 허락 못 해."

내 옆에는 지금도 원령 마리코 씨가 붙어 있다. 하지만 에리 씨 눈에는 보이지 않는 것이다.

"뭘 그리 두리번거려?"

에리 씨는 내 얼굴을 두 손으로 붙잡고 문질렀다. 그게 재미있다며 쇼타와 무라시타 씨가 한목소리로 웃었다. 이 두 사람 눈에도 역시 반쯤 그슬린 원령은 보이지 않는 것이다.

"저기."

설사 원령을 보지 못한다 해도 남자가 옆에 있으니 든든했다. 하지만 어째서 무라시타 씨가 여기 있는 걸까?

"아니, 유치원에서 딱 마주쳤지 뭐야."

잘생긴 무라시타 씨는 꿈지럭거리며 변명했다.

"무라시타 씨 따님은 저보다 나이가 많지 않았어요?"

"아니, 옛날에 우리 딸이 다녔던 인연으로 지금도 가게 제품을 납품하고 있거든. 그래서 배달하러 갔다가 우연히 두 사람을 만나서."

회전초밥 가게에서 저녁을 먹고 왔다고 쇼타가 뒷말을 받았다. 초밥이 맛있었다, 무라시타 씨가 사주었다고 자랑한 뒤 쇼타는 놀이터로 달려갔다.

"나, 그네 탈래!"

"얘가, 지금은 어두워서 위험하다니까."

"그럼 정글짐!"

"더 위험해!"

아이가 다칠세라 쫓아가는 에리 씨의 뒷모습을 멍하니 바라보았다.

무라시타 씨는 부인과 다퉈서 별거 중이라고 들었는데, 다음 연애, 다음 인생을 향해 성실하게 노력하는 건지도 모른다.

'안녕.'

귓가에 바람이 일더니 가녀린 목소리로 바뀌었다.

정신을 차리고 보니 마리코 씨는 사라지고 없었다.

나는 그 대신 사과주스 캔을 단단히 움켜쥐고 있었다.

❦

이른 아침, 동이 틀 때 잠에서 깼다.

머리맡에 놓아두어 미지근해진 사과주스를 마시고 텅 빈 캔을 손에 들고 바라보았다.

'배고파.'

허기가 느껴지자 머릿속에서 떠올릴 수 있는 모든 음식들의 이미지가 번뇌의 원을 이루며 소용돌이쳤다. 그 틈을 타서 마리코 씨의 얼굴이 떠올랐다가 사라졌다.

'그 사람, 역시 내 눈에만 보이는 거겠지.'

덕분에 어젯밤 편의점에서 망신을 당했다.

나는 이불에서 기어 나와 쇼타와 함께 산 야구 모자를 쓰고 밖으로 나갔다. 여름바람과 날카로운 직박구리 울음소리가 잠이 덜 깬 머리에 스며들었다.

"뭐, 상관없나."

뭐가 상관없는지 나도 모르겠지만 어쨌거나 그렇게 중얼거려 보았다.

어젯밤에 갔던 그 편의점에 가서 멘치가스와 요구르트, 재스민 차, 영양제를 두 손에 가득 안고 제철 채소 샐러드와 땅콩버터 샌드위치까지 샀다. 바깥 공기가 기분 좋아서 바로 아파트로 돌아가지 않고 공원에 갔다. 어제 쇼타가 그랬던 것처럼 정글짐 꼭대기에 올라가 잔뜩 산 아침거리를 전부 먹어 치웠다.

양분을 흡수하고 아침 햇살을 쬐니 피로와 불안이 옅어졌다.

멀리 떨어진 화단에서 짙은 핑크색 달리아가 인사하듯 흔들렸다.

'마리코 씨, 무슨 말을 하고 싶었던 걸까?'

집으로 돌아와 컴퓨터로 인터넷에 접속했다.

〈카롤라Ⅱ를 타고〉는 1994년에 유행한 광고 노래였다. 게다가 '사과주스'가 같은 해 처음 발매되었다는 사실도 알아냈다.

❉

도서관은 여름방학이라 붐볐다. 다행히 신문 기사 검색 코너 근처에 앉을 자리가 조금 남아 있었다.

오래된 신문 기사를 모아둔 두꺼운 책자를 들고 가서 똑똑해 보이는 여학생과 교양 있어 보이는 중년 여성이 앉아 있는 4인용 책상에 앉았다.

컴퓨터 검색 기능에 익숙해서 눈으로 직접 종이로 된 신문을 살펴보기가 영 귀찮았다.

'왠지 시대의 물결에 휩쓸려 가는 느낌이야.'

고전적인 미래에 대한 상상을 사랑하는 시립박물관 직원의 둥그런 얼굴이 떠올랐다.

"자, 그럼."

아침을 든든히 먹은 덕분에 정력적으로 오래된 자료를 눈으로 훑으며 찾고자 하는 정보가 1994년 신문에 없다는 사실을 알아냈다.

적잖은 패배감이 가슴속을 스쳤다.

'내가 지금 뭘 하는 걸까?'

맞은편 좌석에 앉은 여학생을 힐금 훔쳐보았다.

'자격증 공부를 하는 걸까? 취업 준비를 하는 거겠지.'

침울해지려는 마음을 북돋우며 이듬해 기사로 손을 뻗었다.

1995년 1월, 없다. 2월, 없다. ……3월, 작은 기사에 '시마오카 마리코'라는 이름이 있었다.

31일 점심께, 다카라부네시 사부로초 3번가의 아파트에서 화재가 발생, 발화지점으로 보이는 6층 가옥에서 여성 시

체가 발견되었다. 사망자는 그곳에 사는 시마오카 마리코 씨(24)로 판명. 화재는 시마오카 씨의 과실일 가능성이 크다.

기사 옆에 고등학교 교복을 입은 조금 통통한 마리코 씨 사진이 실려 있었다. 사망 당시 24세였지만 이런 곳에 실을 수 있는 사진이 달리 없었으리라.

"그거 거짓말이야……. 과실 같은 사고가 아니야……."

자료를 들여다보는 인기척과 함께 가느다란 목소리가 그렇게 말했다.

불에 그슬린 마리코 씨가 바로 옆에서 서글픈 눈초리로 나를 보고 있었다.

"으아악!"

펄쩍 뛰어오르는 바람에 의자가 쓰러지고 손에 들고 있던 두꺼운 책을 놓쳤다. 의자 등받이가 바닥에 부딪혀 요란한 소리가 났고, 책자가 발등을 찍는 바람에 아파서 비명을 지르고 말았다.

"괜찮아요?"

같은 책상에 있던 두 사람은 물론, 마리코 씨까지 걱정해 주었다.

❈

유령 마리코 씨와 나는 도서관 밖 벤치에 나란히 앉았다. 만약 도텐 우체국에서 일하면서 유령을 보지 못했다면 이러고 있는 동안에도 무서워서 기절했을지도 모른다.

평소 같으면 모이를 얻어먹으려 다가오는 비둘기들도 오늘만큼은 멀찍이 떨어져 있었다. 옆에 앉은 마리코 씨는 나직한 목소리로 〈카롤라Ⅱ를 타고〉를 부르고 있었다.

"이렇게 느긋한 기분, 오랜만이야……."

나와 비둘기들을 공포로 몰아넣으며 마리코 씨가 그런 말을 했다.

나는 부루퉁한 얼굴로 팝콘을 우물거렸다.

"아까는 정말 놀랐어요. 하다못해 평범하게 나와달라고요."

마리코 씨는 내가 들고 있는 통에서 팝콘을 한 알 집더니 먹을까 말까 고민했다. "자꾸 미안해……" 하고 슬픈 기색으로 말하더니 마음을 가다듬은 듯 고개를 들었다.

"저기……. 나, 살해당했어. 너무 불쌍하지?"

"범인한테 확실하게 저주는 내렸어요?"

"그게, 누가 날 죽였는지 모르겠어. 뒤에서 목을 졸라서 상대를 보지 못했거든……. 하지만 나만 범인이 누군지 모르는 건 아니야……. 경찰도 전혀 몰랐는걸."

자랑하듯 말하는 게 허무하다.

"짐작 가는 사람도 없어요? 누군가에게 원한을 샀다거나."

"음……."

불에 그슬린 마리코 씨는 서글픈 표정으로 미간을 누르며 고개를 떨구었다.

"나를 미워한 사람은 있었어. 그 시절에도 스토킹 같은 짓도 당했고……."

"그럼 분명 그 인간일 거예요."

"그럴까?"

"마리코 씨, 생전에는 무슨 일을 했어요?"

"호스티스……."

"네?"

생전에 마리코 씨는 이 작은 동네에서 유흥업에 종사했다. 아름다운 사람이었고 박복해 보이는 여린 스타일도 거들어 단골손님도 적지 않았다.

"그중 한 사람이 우쓰미 종합병원 원장님이었어. 나는 우쓰미 선생님의 권유로 술집을 그만두고 그 병원 사무직원이 되었어……. 우쓰미 선생님은 아파트도 빌려줬고, 월급 외에도 매달 특별 보너스까지 줬어…….”

"어, 그건, 좀 잘못된 거 아닌가요?"

마리코 씨는 물장사에서 발을 뺀 후 의사의 내연녀가 되었다. 불륜만 저지른 게 아니라 불륜 상대의 병원에서 일까지 했다.

"조금 잘못되었지…….”

우쓰미 원장은 마리코 씨를 늘 자기 눈이 닿는 곳에 두고 싶어 했다고 한다. 내연녀가 배신할까 봐 두려웠던 걸까? 일부러 억지를 부려 경영자의 힘을 과시하고 싶었던 걸까? 아니면 단순히 아내를 향한 심술이었을까?

"원장 선생님은 데릴사위였어……. 장인어른이 시작한 내과 의원을 우리 선생님이 큰 병원으로 키운 거야. 그 사람, 사장님이 될 재능도 있었거든. 하지만 모든 건 우쓰미 가문에서 사위로 맞이해 준 덕분이라고, 사모님이 늘 거들먹거렸어……. 선생님, 정말 불쌍해…….”

남편의 기강을 잡으려는 아내가 불륜 상대의 존재를 용납할 리 없다. 마리코 씨는 어떤 의미에서 몹시 복잡한 관계였던 부부의 최전선에 내몰렸다.

그리고 무서운 일이 벌어졌다.

원장 부인은 자기 수하인 병원 직원을 이용해 괴롭히는 것은 물론, 아파트에 무언 전화와 협박 편지를 보내는 등 열심히 마리코 씨를 몰아세웠다. 헤드라이트를 끈 자동차가 마리코 씨를 덮친 적도 있었다.

"너무 뻔하잖아요. 그 부인이 범인이겠네요."

"그럴까? 그분, 못 할 짓이 없어 보이지만 아슬아슬하게 멈출 타입이야……."

원장 부인은 자신의 존엄성을 지키기 위해 남편의 내연녀를 공격한 것이지, 살인을 해서 함께 파멸할 생각은 조금도 하지 않았을 거라는 게 마리코 씨의 의견이었다.

"그럼 부인에게 협박당한 원장이 벼랑에 몰려서……."

"선생님이 내가 아닌 부인을 선택할 리는 없어. 하물며 나를 죽이다니……."

마리코 씨가 토라졌다.

남녀 사정을 모르는 나는 심한 소리를 했나 반성할 뻔했지만, 마리코 씨가 먼저 쭈뼛쭈뼛 시선을 돌렸다.

"나 말이야, 사귀는 사람이 더 있었어……. 호스티스 때부터 사귀던 상대라, 우쓰미 선생님하고 만나기 전부터 사귀고 있었어……. 그래서 그 사람, 아파트에도 자주 찾아와서 선생님하고 헤어지라고 했어……. 하지만 내가 질질 끄는 바람에 그 사람한테 자주 맞았어……."

"그럼 그 남자가 범인이네요. 틀림없어요."

무릎을 탁 치며 몸을 내미는 내 기세를 꺾듯 마리코 씨가 고개를 저으며 한숨을 쉬었다. 실제로 숨을 쉬고 있을 리는 없지만.

"하지만 나, 임신한 상태였어……."

"어, 큰일이잖아요. 누구 아이? 그 남자? 의사?"

"둘 다 아니야……."

"네?"

"애인의 친구 아이야……. 선생님 문제, 사모님 문제, 애인 문제로 이것저것 고민을 털어놓다 보니 친해져서……."

"정말. 당신이란 사람은!"

"맞아, 내가 잘못했어……. 그래서 살해당했다고 원망하지 말고 냉큼 성불해야 한다는 생각도 해……. 하지만 목을 조르고 집에 불을 지르는 바람에 배 속의 아이까지 죽었으니 이대로 성불하는 것도 좀……."

마리코 씨는 기어들어 가는 목소리로 말했다. 그런 주제에 훈훈한 대학생이나 회사원이 앞을 지나갈 때마다 일일이 점수를 매기는 듯한 시선을 던졌다.

"저기 좀 봐……. 저기 회색 양복 입은 사람, 좀 괜찮지 않아?"

'구제불능이네.'

나는 그만 한심해져서 말없이 자리에서 일어났다. '기분 전환 삼아 영화나 보고 돌아가자. 오늘은 호러 영화는 보지 말아야지' 하고 걸음을 떼려는 발목을 싸늘한 손이 붙잡았다.

뼈만 남은 듯 마른 손가락이 다리를 휘감고 있었다. 어느새 땅바닥에 엎드린 마리코 씨가 흉악한 형상으로 나를 올려다보고 있었다.

'이 사람은 어째서 갑자기 괴물처럼 변한 거지?'

마리코 씨가 괴상한 모습으로 몸을 활처럼 젖히며 탁한 괴성을 지르기 시작했다. 부릅뜬 눈으로 나를 올려다보면서 부자연스럽게 크게 벌린 입으로 토사물을 뱉어내기 시작했다.

도와달라는 심정으로 눈앞을 지나가는 행인들을 쳐다보았다. 아무리 마리코 씨가 보이지 않는다 해도 기절할 만큼 겁에 질린 나는 보일 텐데.

'무슨 일이냐고 좀 물어봐!'

행인들과 흐느적거리는 마리코 씨를 번갈아 보며 울음을 터뜨릴지 비명을 지를지 고민하는데 마리코 씨가 갑자기

다시 멀쩡한 모습으로 돌아와 쓱 일어섰다.

입가에 불길한 색깔의 염주가 늘어져 있었다. 지금 보여준 끔찍한 퍼포먼스는 저것을 토해내기 위한 행동 같았다.

"그게 뭐예요?"

"살해당하기 전에 상대에게서 빼앗았어······."

마리코 씨는 다양한 원색의 돌이 주르륵 매달려 있는 염주를 내 앞에 내밀었다. 이상한 액체가 뚝뚝 떨어져서 몹시 역겨웠다.

"누구 건데요?"

굳은 목소리로 묻자 마리코 씨는 곰곰이 생각하더니 "범인의 소지품 같아······"라고 대답했다.

"전 모르겠으니 다른 사람을 찾아가세요."

"달리 부탁할 사람이 없는데······."

"으음······ 으음."

나는 머리를 감싸 쥐었다.

"전에 고민을 들어준 애인 친구한테 또 부탁해 보면 어떨까요?"

"안 돼······. 그 사람, 부인도 아이도 있는 사람이라. 처음부터 폐를 끼치지 않겠다고 결심했어······. 이런 건 뭐라고 하지? 여자의 자존심이라고 할까······."

마리코 씨가 가슴께에 두 손을 얹고 "헤헷?" 하고 고개를 갸웃거렸다.

"범인이 누군지는 몰라도 이 증거물은 어디서 본 기억 없어요? 이거 범인 물건이죠? 이 길이라면 펜던트일 리는 없고……. 팔찌?"

"모르겠어, 기억이 안 나……. 너, 이것 좀 가지고 있어줄래? 다시 삼키거나 뱉어내기 귀찮아서……."

"절대 싫어!"

나는 문제의 증거물을 피해자의 가슴에 떠밀고 술집 앞에서 나눠주는 휴대용 티슈를 두 장이나 써서 손에 묻은 타액과 위액을 닦아냈다.

"난 아무 도움도 안 돼요."

"달리 친구가 없는걸……."

마리코 씨가 등을 돌렸다. 파도처럼 경련하는 그 뒷모습을 보니 내가 돌려준 끈적끈적한 염주를 다시 삼키는 것 같았다.

"저기…… 괜찮아요?"

"고통스러워……."

그 후 둘이서 도서관으로 돌아가 1995년 신문 기사를 다시 뒤졌다.

아파트 화재가 마리코 씨의 실수라고 적혀 있던 신문으로부터 며칠 뒤 기사에 그 화재가 방화였다는 사실, 그녀가 불이 나기 전에 이미 살해당했다는 새로운 사실이 실려 있었다.

하지만 사건 보도는 그것으로 끝이었다.

✤

월요일 낮, 도텐 우체국 휴게실에서 나는 아오키 씨와 함께 도시락을 먹었다. 점심시간에 아오키 씨는 항상 개인 소지품인 휴대용 가스레인지로 컵라면을 끓여 먹는다. 이 가스레인지도 그렇고, 아오키 씨는 온갖 물건을 가져와서 혼자 쓰는 것을 좋아한다. 빌려달라고 하면 기다렸다는 듯이 희희낙락하게 "안 돼"라거나 "웃기는 소리"라고 한다. 그래서 나는 도시락을 싸 온다.

직접 싼 도시락은 반찬이 뭔지 알다 보니 조금도 기대가 되지 않았다. 게다가 나는 요리 솜씨가 꽝이다. 그렇다고 해도 직장이 산꼭대기다 보니 "점심은 잠깐 밖에서 먹고 올게요"라고 할 수도 없다.

"저는 문어예요. 우호호. 맛있어 보이는 가리비네. 잡아

먹을 테다~."

"꺄악, 이러지 마세요! 가까이 오지 말아요! 먹지 말아요! 도망가야지. 가리비 점프!"

"놓칠쏘냐! 거기 서라! 문어발 공격!"

"잠깐."

낮은 테이블 맞은편에서 아오키 씨가 매섭게 쏘아보았다. 삼백안으로 라면을 먹는 모습이 정말 만화 캐릭터 고이케 씨를 쏙 빼닮았다.

"너, 아까부터 무슨 혼잣말을 그렇게 하는 거야?"

"더빙이에요."

나는 입을 우물거리며 텔레비전 화면을 젓가락으로 가리켰다.

아무리 봐도 지상파 디지털은 아닌 브라운관 속에서는 얕은 해저에서 가리비가 천적 문어에게 공격을 받고 있었다. 문어는 바퀴 달린 의자처럼 자유자재로 이동하며 말랑한 다리를 뻗어 공격하지만 가리비도 그냥 당하고 있지는 않았다. 빨아들인 물을 뿜어내고 토끼뜀 같은 요령으로 도망 다녔다. 나는 그들 양쪽의 기분을 대변해 대사를 읊고 있는 것이다.

"저런 걸 보면 대사를 넣고 싶지 않나요?"

"전혀. 너, 텔레비전 볼 때마다 그런 짓을 해?"

"예. 동물이 나오는 프로그램은 거의 항상. 길거리에서 새나 벌레를 보아도 조건반사로 대사를 말해요. 나 '좋은 아침이야, 비둘기 씨', 비둘기 '아즈사 씨, 오늘도 아름답군요, 구구. 자자, 모이를 줘요. 구구' 이런 식으로."

"오늘도 아름답군요는 무슨. 황당한 애네."

아오키 씨는 텅 빈 그릇을 향해 두 손 모아 인사하더니 뭐라 말할 수 없이 복잡한 표정을 지었다.

"정말, 넌 옛날부터 그런 애였지."

"옛날부터?"

"옛날에 만났을 때도 내가 하고 싶은 말을 네가 멋대로 떠들고 멋대로 울고."

"예? 아오키 씨, 저하고 전에 만난 적 있어요?"

"기억 못 하면 됐어."

아오키 씨는 부루퉁한 얼굴로 냉큼 자리에서 일어났다. 나는 영문도 모른 채 "죄송합니다" 하고 뒷모습을 향해 사과했다.

'아오키 씨는 왜 화를 내는 걸까?'

그럭저럭 포만감을 안고 다다미 위에 드러눕자 닫혔던 미닫이문이 다시 열렸다.

"아즈사, 있느냐?"

아오키 씨가 돌아온 줄 알았는데 공덕 통장 단골인 다치바나 선생님이 휴게실에 들어와서 깜짝 놀랐다.

"이 녀석. 먹고 바로 누우면 소가 된다."

옛날부터 우는 아이도 뚝 그친다는 무서운 교사였던 다치바나 선생님이 영문 모를 옛날 속담을 말하며 겁을 주었다.

"어라? 선생님, 무슨 일이세요? 여기는 일단 관계자 외 출입금지 구역인데요. 혹시 선생님도 도텐 우체국에서 아르바이트하시나요?"

"우리 밭에서 딴 토마토를 가져왔다. 먹으렴."

다치바나 선생님은 무서운 얼굴로 쑥스러운 듯 씨익 웃더니 갓난아이 얼굴만큼 커다란 토마토를 내밀었다.

"이거 엄청난데요. 선생님은 천재 농부인가 봐요."

에코백에 넣으려 하자 쑥스러워하던 얼굴이 옛날 그대로 무섭게 변했다.

"당장 먹어."

점심은 이미 먹었다는 뜻으로 부른 배를 쓸어보았지만 봐줄 것 같지 않았다. 어차피 그럴 거면 점심 먹기 전에 가져오면 좋았을 텐데. 투덜거리며 엄청나게 큰 토마토를 베어

물었다.

"맛있니?"

먹었다고 끝나는 게 아닌지, 다치바나 선생님이 꼬치꼬치 캐물었다.

"맛있어요. 맛있는데……."

수분이 풍성한 신선한 토마토를 터질 듯한 위장에 억지로 집어넣으니 살짝 눈물이 났다.

"그래, 맛있단 말이지. 올해는 풍작이야. 학생들에게 먹여주고 싶었는데."

제자들의 식후를 노려 토마토 공격을 했다간 더 미움을 살 거예요……. 그런 말을 토마토와 함께 꿀꺽 삼키자 다치바나 선생님이 느긋하게 실눈을 뜨고 창밖의 꽃밭을 바라보았다.

"네 담임은 못된 남자였지. 선생님은 늘 그 녀석을 패주고 싶은 충동을 참느라 고생했다."

"선생님, 그 연세로 불량소년 같은 말씀을 하시네요."

"아즈사, 너도 언제였지, 교무실에 쳐들어온 적이 있지 않느냐."

"그럴 리가요. 쳐들어오다뇨. 다치바나 선생님도 아니고."

"그때 네가 한 말은 인상적이었어. '교실에서 다른 선생님 험담을 하는 건 좋지 않아요'라고 했지. 그 녀석, 그 후에 교무실에서 가시방석이었지."

다치바나 선생님이 "히히히" 웃었다.

"아즈사, 너는 태평해 보이지만 싸움의 핵심을 잘 알고 있어."

"아니. 심술궂은 재주네요. 반성할게요."

나는 고개를 숙였다.

"하지만 그 담임 선생님, 졸업식 때 제 이름도 잘못 불렀다고요. 아베 압생트라고."

"압생트는 너무하네. 그런데 아즈사, 압생트가 뭔지 아느냐?"

"야구 만화 아니에요?"

"압생트는 19세기 예술가들이 사랑했던 금단의 술이다. 베를레느나 로트레크가 압생트를 즐겨······."

"하지만 제 이름은 아니에요."

"흠."

"그리고 다케이의 빨간 머리 사건 아세요? 저희 반 남학생 다케이 말이에요. 그 애는 원래 빨간 머리인데, 그 담임이 일부러 검은색으로 염색하게 만들었다니까요."

"진짜로?"

"진짜로요. 그래서 다케이는 머리에 습진이 생겨서 병원까지 다녔어요. 자기 제자 중에 머리카락이 빨간 애가 있는 게 그렇게 눈치 보이는 일이었을까요?"

기억을 떠올리다 보니 진심으로 분통이 나서 손발을 휘저으며 화를 냈다.

다치바나 선생님이 웃었다.

"아즈사, 그리 남의 험담을 하면 못쓴다."

자기가 시작해 놓고 그런 소리를 한다.

"그리고 이상했던 일이 있어. 내가 교실에 들어가면 꼭 청소 도구가 없던데."

"선생님, 빗자루로 때렸잖아요. 그래서 다 함께 숨겼어요."

"나는 그런 체벌은 안 한다."

선생님이 웃으시니 나도 장단을 맞추는 수밖에. 우리는 함께 크게 웃었다.

"그럼 슬슬 가볼까. 여기서 널 만날 수 있어서 다행이구나."

키가 큰 다치바나 선생님은 몸을 숙여 문턱을 넘으며 한 손을 슬쩍 들어 인사하고 떠났다. 나는 부른 배를 문지르며 창밖의 정원을 별생각 없이 바라보았다.

줄지어 핀 접시꽃 너머로 다치바나 선생님이 보였다.

내게 그랬던 것처럼 커다란 손을 들어 아카이 국장님에게 인사하더니 아마추어가 만든 지옥극락문을 지나갔다. 그 모습이 문득 흐려지는 것을 보고 펄쩍 뛰어올랐다.

"다치바나 선생님!"

그대로 직원용 미닫이문을 벌컥 열고 정원으로 뛰어나갔다.

넓은 꽃밭 속, 지옥극락문 너머로 걸어가는 다치바나 선생님의 모습은 거의 사라지기 직전이었다.

억지로 토마토를 삼켰던 위장이 어째선지 그리 아프지 않다. 나는 선생님이 사라진 좁은 길을 멍하니 바라보았다. 선생님은 돌아오지 않았고, 경치는 아무리 기다려도 바뀌지 않았다.

휴게실로 돌아오자 먹고 남은 토마토 꼭지가 내 앞으로 온 엽서로 바뀌어 있었다. 보내는 사람은 다치바나 선생님이었다.

'생전에 베풀어주신 후의에 깊이 감사드립니다.'

지옥극락문으로 가는 사람들이 우편창구에 가져오는, 하직 인사장이다.

나는 익숙한 그 글귀를 처음부터 끝까지 읽고, 또 읽은 다음 모닥불을 지피고 있는 도텐 씨 곁으로 갔다.

작은 불꽃이 피어 있는 금속 세발솥 안에 엽서를 넣으려 하자 도텐 씨가 언제나 그렇듯 생글생글 웃으며 내 손을 붙잡았다.

"그건 가지고 있어요."

"다치바나 선생님은 말이죠, 수업 전에 항상 받아쓰기 시험을 봤어요. 하나 틀릴 때마다 5분씩 의자 위에 무릎을 꿇고 있어야 했어요. 저는 다리가 저려서 얼마나 힘들었던지. 그리고 선생님은 말이죠……."

뭔가 말해야 할 것만 같아 아무래도 상관없는 이야기를 자꾸 늘어놓았다. 쑥스럽기도 하고 울고 싶기도 했다. 비탈길을 내려갈 때 발이 멈추지 않는, 그런 느낌이었다.

"아즈사 씨는 착한 학생이었군요."

도텐 씨가 다정한 말투로 횡설수설하는 나를 말려주었다.

5
목간을 찾으면

백중이 다가오면 도텐 우체국도 바빠질 줄 알았는데 아무 변화도 없었다.

다치바나 선생님이 돌아가셨다는 소식을 듣고 다마에 대모님은 "여름 더위와 겨울 추위는 노인에게 가혹하니까"라고 중얼거리며 어깨를 늘어뜨렸다.

다치바나 선생님과 자기를 같은 노인이라고 부르는 다마에 대모님은 올해 여든네 살의 베테랑 고령자다. 정년퇴직한 지 2, 3년밖에 지나지 않은 다치바나 선생님은 노인치고는 아직 젊은 축이었다.

"어째서 붙잡지 않았죠?"

"하지만 사모님, 수명은 바꿀 수 없습니다."

"변명은 됐어요! 당신, 의욕이 부족해!"

지옥극락문에서 선생님을 배웅한 아카이 국장님에게 다마에 대모님이 억지를 부리며 타박했다.

"가까운 사람이 죽을 때마다 세상의 무상함을 느껴. 모두 어디로 가는 걸까."

다마에 대모님은 조심스레 지옥극락문에 다가가더니 건너편을 살펴보거나 발끝을 집어넣어 보다가 돌아갔다.

그런 다마에 대모님도 요즘 도텐 우체국을 찾는 발길이 뜸했는데, 지인의 죽음에 충격을 받은 탓은 아니었다. 대가족인 구스모토가를 구석구석 관리하는 대모님은 많은 친척들이 모이는 백중 준비로 정신없이 바빴던 모양이다.

도텐 우체국 단골손님 대신 내 앞에 자주 나타나기 시작한 것이 불에 그슬린 마리코 씨였다.

요즘 그녀는 내 귀가 시간에 맞춰서 현관 초인종을 누른다. 마리코 씨 나름대로 "하다못해 평범하게 나와달라"는 내 부탁을 귀담아들어 준 것 같았다.

오늘 밤도 건조한 호출음 너머에서 마리코 씨가 조용히 서 있었다. 여전히 몸은 반쯤 불에 그슬렸고, 두꺼운 화장

밑에 희미하게 시반이 떠 있다. 온몸으로 거북한 분위기를 자아내면서 "근처에 온 김에 잠깐……" 하고 거짓말을 했다.

"들어와요."

유령인데도 예의 바르게 슬리퍼를 신고 방으로 들어오는 마리코 씨가 조금 재미있었다.

텔레비전에서는 백중에 걸맞게 심령 특집 방송이 나왔다. 마리코 씨는 관음죽 화분과 책장 사이의 좁은 귀퉁이에 무릎을 꿇고 앉아 어떤 프로그램이 나와도 열심히 보았다.

"잠깐만요, 마리코 씨. 무서우니까 채널 좀 돌려도 될까요?"

"안 돼. 보고 있잖아……."

텔레비전 화면 속에서 리포터를 맡은 아이돌이 심령 스팟 한복판에서 곤경에 처해 있었다.

부서진 유리를 밟아 소리가 날 때마다, 손전등이 으스스한 빛의 궤적을 그릴 때마다 날카로운 비명이 들려 카메라 화면까지 흔들렸다. 하얀 그림자가 화면 안쪽을 가로질러 가자 스튜디오 출연진들이 갑자기 패닉에 빠지기 시작했다.

"저래서야 오브(aube)인지 그냥 조명인지 구별이 안 가는데……."

마리코 씨가 전문가처럼 냉정한 의견을 말했다.

"마리코 씨도 평소 저런 곳에서 지내요?"

내가 묻자 마리코 씨는 "비밀······"이라고 대답했다가 "설마······"라고 말하더니 책장에 쌓아둔 컵라면을 흘겨보았다.

"컵라면 드실래요?"

"먹어도 돼? 고마워······. 기뻐······. 기뻐······."

마리코 씨는 예상보다 훨씬 더 기뻐하더니 어두운 목소리로 〈카롤라Ⅱ를 타고〉를 부르기 시작했다. 밝은 노래인데 원령이 부르니 지옥의 저주 같은 박력이 느껴지는 게 놀랍다. 물론 마리코 씨 본인은 조금 들떠서 콧노래를 부르는 거겠지만.

"마리코 씨, 그 노래를 어지간히 좋아하나 봐요."

빙의해서 내 입으로 부르거나 공원 스피커로 나오게 할 정도로 좋아하는 것이다.

"애인 자동차 안에서 자주 들었어. 그때는 즐거웠지······."

"어느 애인?"

"어라? 누구였지······."

마리코 씨는 커다란 눈동자를 데굴데굴 굴리며 생각에 잠겼다. 그 모습이 무서워서 나는 황급히 화제를 바꾸었다.

"마리코 씨, 우쓰미 선생님이 일자리도 살 집도 마련해 줬잖아요. 불륜은 나쁘지만 애인이 끼어들 여지는 없을 것 같은데요."

"돈으로 사랑은 살 수 없어……."

마리코 씨는 그런 말을 하더니 컵라면을 먹기 시작했다. 유령이 뭔가를 먹는 모습이 신기해서 뚫어져라 쳐다보자 마리코 씨는 내게서 등을 돌렸다.

'그나저나…….'

어두운 방 귀퉁이에서 이 세상 존재가 아닌 사람이 등을 돌리고 컵라면을 먹고 있다. 한편 텔레비전에서는 스튜디오에 있는 영능력자가 심령사진에 찍힌 유령의 불우한 생애에 대해 해설하고 있었다.

"들어봐요, 마리코 씨. 전부터 이상했는데 영능력자는 어떻게 심령사진만 보고 유령의 프로필을 아는 걸까요? 유령 말고 살아 있는 사람의 과거도 사진을 보면 알 수 있을까요? 기업 인사 담당자 중에 저런 사람이 있으면 편리하겠죠?"

"몰라……."

"마리코 씨는 원령이 된 후에도 우쓰미 병원에 자주 찾아가요?"

"안 가……."

"애인한테는요?"

"아니……."

"그럼 어째서 저한테 오는 거죠?"

"너는 유령을 좋아하는 것 같아서. 여기 오면 왠지 마음도 편하고……."

갑자기 고개를 돌린 마리코 씨는 심령사진이 확대되어 나온 텔레비전 화면 흉내라도 내듯 씨익 웃었다.

"꺄악!"

내가 뒤로 나자빠지기 전에 마리코 씨가 환한 미소와 함께 그대로 스윽 사라졌다.

'아. 돌아갔구나.'

활짝 열어둔 창에서 축축하고 뜨거운 바람이 들어와 땀에 젖은 등이 식었다.

나는 더운 건지 추운 건지 분간도 못 한 채 마리코 씨가 먹은 컵라면 용기를 치웠다.

❖

토요일. 만게쓰 식당에 들르자 마루오카 형사가 늦은 점심을 먹고 있었다.

즐겨 먹는 전갱이 튀김 정식을 먹는 마루오카 형사=마루 씨는 마리코 씨 사건 이야기를 꺼내자 복스러운 얼굴을 잔뜩 찌푸렸다.

"시마오카 마리코 사건 말이야? 용의자는 많았는데 결정타가 없어서……."

유명한 사건이었나 보다.

늘 그렇듯 놀러 와 있던 무라시타 씨도 "기억나, 꽤 옛날 사건이지?" 하고 끼어들었다.

"젊은 친구가 알고 있다니 뜻밖이네. 그 무렵이면 아직 갓난아기 아니었어?"

"졸업 논문 주제였거든요. '애증 겔로 드라마에 관한 실록과 허구의 비교'라는 제목이에요."

아저씨들은 어째선지 내 거짓말에 홀랑 속아 넘어갔다.

"하지만 정말 시마오카 마리코 살해는 유명한 사건이었어. 의혹의 중심이었던 우쓰미 병원은 이름이 알려져서 환자가 늘었다나. 위기를 기회로 바꾸는 사람이 진짜 있나 봐. 경영자로서는 어떤 의미로 존경스러워."

지금도 사람들의 기억에 사건이 남아 있는 것은 바로 전직 호스티스를 둘러싼 드라마틱한 비극이기 때문이다.

다른 손님이 없는 것을 핑계로 가게 주인 에리 씨까지 끼어서 우리는 아무 말이나 하며 쑥덕거렸다.

"사건 직전, 현장에서 떠나는 하얀 외제 차를 목격한 사람이 있어. 피해자의 애인 차였다나."

"애인이라는 게 살해당한 여자의 직장…… 우쓰미 병원 원장이죠? 원장 부인이 피해자 멱살을 붙잡고 죽여버리겠다고 했다던데. 어때요, 마루 씨. 범인은 원장 부인 아니에요?"

"어이, 억측으로 사람을 범인 취급하면 못써."

마루오카 형사가 심각한 표정으로 타일렀지만 무라시타 씨는 태연히 말을 이었다.

"아니, 그 살해당한 여자도 남자관계가 복잡했다잖아요. 사건 후 근처 공원에서 피가 묻은 다나카 인테리어 작업복을 발견했다던데. 그 집 아들이 살해당한 여자하고 사귀었다죠. 다나카 다다히코라고."

"그거, 이 근처에 있는 회사인데. 게다가 그 사람 여기 손님이에요."

"어이어이, 무라시타. 그런 정보는 어디서 얻어오는 거야?"

"살해당한 여자가 전에 일했던 술집. 실은 살해당한 여자도 알아요. 더 놀라운 건 용의자 다나카 다다히코가 고등학교 친구라는 사실. 이거 엄청나지 않아요?"

무라시타 씨는 마치 우연히 본 연예인 자랑을 하듯 나불거렸다.

마루 씨는 실눈을 휘둥그레 뜨고 "그래?" 하고 놀랐다. 에리 씨가 "굉장해요, 굉장해" 하고 부추겨서 무라시타 씨는 기분이 좋아 보였다.

"다나카 녀석, 지금은 잘나가는 척하지만 고등학교 때는 내성적이고 어두운 녀석이었어. 좋아하는 아이를 스토킹해서 문제가 된 적도 있고. 다나카네 집이 부자라 부모가 무마한 것 같지만. 분명 그때 여자애도 살해당한 전직 호스티스 아가씨하고 비슷한 타입이었어."

무라시타 씨는 시간의 구멍이라도 들여다보듯 천장을 올려다보며 말했다.

그 목소리가 뚝 그친 것은 놀랍게도 바로 그 화제의 다나카 씨가 만게쓰 식당에 들어왔기 때문이었다.

모두 간 떨어지게 놀랐지만 억지로 태연한 척 가장한 에리 씨가 완벽한 가짜 미소를 지었다.

"어서 오세요."

다나카 다다히코라는 사람은 번화가 근처에 있는 다나카 인테리어 장남으로 전무이사였다. 때마침 이야기에 나온 작업복을 입고 있었던 탓도 있어, 미남이었지만 어딘지 모르게 위험한 분위기가 감돌았다.

'누가 봐도 다른 상대가 마련해 준 아파트 열쇠를 복사해서…… 마리코 씨를 때렸을 것 같은 남자.'

그런 선입견으로 가득한 시선을 보내서 그런지 다나카 씨가 불쾌한 눈빛으로 나를 쳐다보았다.

"여, 오랜만이야."

역시 거북했는지 무라시타 씨는 애써 밝은 목소리로 인사하고는 냉큼 돌아가 버렸다.

"명란 몰로키아 덮밥."

다나카 씨는 만게쓰 식당에서 가장 별난 메뉴를 주문하더니 구석 테이블에 앉았다.

나는 마루 씨 옆에 앉아서 소곤소곤 속삭였다.

"살인사건 용의자는 처음 봐요."

"함부로 용의자라고 부르지 마."

마루 씨 역시 작은 목소리로 화를 내더니 전갱이 튀김을 우물거렸다.

"어쨌거나 느낌이 안 좋은 남자야."

마루 씨는 그냥 단순히 곱상하게 생긴 남자가 싫은 눈치였다.

❀

"해가 조금 짧아졌네요."

저물어가는 저녁 해를 바라보며 도텐 우체국을 나섰다.

이누야마히메 금 도장을 발견한 뒤로 찾아낸 물건은 하나도 없었다. 목간은 서핑보드만큼 커다랗다고 하니 금 도장보다 훨씬 찾기 쉬울 것 같은데.

오늘은 아카이 국장님도 가세해서 공동묘지라도 새로 만들 수 있을 정도로 깊이 팠지만 아이스크림 막대기 하나 나오지 않았다.

"내일도 힘냅시다."

성과가 없어도 아카이 국장님은 자상하다.

"고생 많으셨어요."

저녁노을에 빨려 들어갈 듯한 오 길은 백중 연휴철이라 그런지 텅텅 비어 있었다. 빨간 자전거로 고추잠자리 무리를 추월해 외롭게 시가지로 돌아갔다.

그때 앞쪽 샛길에서 SUV 차량 하나가 튀어나와 내 옆을 지나갔다.

'저건?'

최근에 보았던 얼굴이 SUV 차량 운전석에 타고 있었다.

물론 최근 가까워진 유령이 아니라 어엿이 살아 있는 사람인데 그 상대가 조금 문제였다. 생전의 마리코 씨 애인이었던 그 다나카 씨였다.

'용의자잖아?'

조수석에도 뒷좌석에도 나이대나 차림새가 다나카 씨와 비슷한 남자들이 타고 있었고, 다들 웃고 있었다. 그 웃음이 영 좋은 느낌이 아니라서 내 안에서 마리코 씨 애인은 용의자에서 범인으로 눈금이 쭉 올라갔다.

'정말이지. 마루 씨는 경찰이면서 뭘 하고 있는 건지.'

살해당한 마리코 씨는 원령이 되어 이 세상을 떠돌다가 급기야 우리 집에 쳐들어오고 있는데. 어째서 애인이었던 남자가 한창 백중인 지금 마리코 씨에게 공양도 올리지 않고 저렇게 기분 나쁜 얼굴로 차를 몰고 있는 걸까?

자전거를 세우고 노려보고 있으려니 석양이 깔리기 시작한 산기슭 갈림길에서 SUV 차량이 왼쪽으로 꺾어졌다.

"아."

괜히 분했던 마음이 희미한 불안으로 바뀌었다.

오래전 산사태로 옛날 도로는 중간에 끊겼다. 옛날 도로를 타고 갈 수 있는 곳이라면…… 지금은 폐업한 이누야마 드라이브인밖에 없다. 그 폐허는 한 세대 전 청년들 사이에 심령 스팟으로 널리 알려진 곳이지만 실제로는 도텐 우체국 창고다.

'왠지 불길한 예감.'

나는 방향을 돌려 다시 이누야마산으로 돌아갔다.

도텐 우체국의 비밀이 탄로 나면 어쩌나. 폐허 어딘가에 목간이 있어서 그걸 집어 가기라도 하면 큰일이다. 기우에 지나지 않을 그런 불안도 다나카 씨에 관한 나쁜 소문을 떠올리니 왠지 실제로 일어날 것만 같았다.

날이 저물기 시작한 산길을 태양과 반대 방향으로 서둘러 지나가며 나는 도텐 우체국에 전화했다.

하지만 호출음만 공허하게 울릴 뿐이었다.

어느 세상의 어느 기관에 속해 있는지 모를 도텐 우체국 사람들은 이미 어디론가 돌아간 것 같았다.

'아아, 정말.'

다나카 다다히코 씨와 불량스러운 패거리는 어쩌면 지난주 내가 본 그 심령 프로그램을 보았을지도 모른다. 그래서 이누야마 드라이브인에 담력시험을 하러 가자고 생각했을지도 모른다.

그런 우려가 거의 적중한 것 같았다.

그들의 자동차는 날이 저물어 칠흑 같은 어둠에 뒤덮인

폐허 앞에서 멈추었다.

'나잇살은 먹어서 멍청한 사람들이네'라고 생각했지만 그런 그들을 심령 스팟까지 쫓아온 내가 실은 훨씬 더 어리석다는 것을 몰랐다.

다나카 씨 패거리는 무섭네, 안 무섭네, 큰 소리로 떠들며 폐허 안으로 들어갔다.

나도 건물 그림자에 숨어 그들의 뒤를 쫓았다.

아카이 국장님이 열심히 청소하러 오지만 그래도 임무를 마친 건물은 마가 낀다고 해야 할까, 이상하게 불결했다.

벽은 온통 스프레이로 그린 원색 낙서로 가득했고, 저녁노을이 검붉은 음영을 드리워 거의 비어 있는 건물에 남은 설비들을 흉측하게 반사했다.

예전에는 유행했던 과자나 기념품이 들었을 케이스에는 상품 대신 먼지가 쌓여 있었고, 그 설비들이 쓰러져서 바닥에 깔린 그림자는 도시전설의 온상에 걸맞게 오싹했다.

이런 곳에 태연히 놀러 왔다는 무라시타 씨에게는 새삼 감탄했지만, 지금 실제로 여기에서 담력시험을 하려는 불량 중년들은 한심해 보였다.

그들은 깨진 유리를 밟아 귀에 거슬리는 날카로운 소리를 내며 손전등을 휘둘러 괴기스러운 분위기를 자아내서는 겁먹은 일행을 비웃고 있었다.

그러는 사이 폭죽을 터뜨리는 인간까지 나왔다.

벗겨진 헝겊 장식이 천장에 축 늘어져 있어 불이 옮겨붙을 것처럼 위태로웠다. 다음에 아카이 국장님에게 소화기를 비치해 두라고 말해야겠다. 아니, 아예 입구를 잠가서 침입을 막아야 한다.

'아카이 국장님도 참, 청소는 힘들다면서 그런 면은 묘하게 대충 넘어간다니까.'

아니면 이 폐허를 닫아두지 않는 특별한 이유라도 있는 걸까? 그런 생각을 하면서도 남자들이 도텐 우체국 비품을 집어 가지나 않을까 계속 감시했다. 물론 눈으로 봐서는 도텐 우체국 짐으로 보이는 물건은 어디에도 없는 것 같지만…….

'어라?'

어둠 속에 웅크리고 있다 보니 전에 잘못 들어왔을 때와 달리 주변을 가득 채운 싸늘한 긴장감이 느껴졌다.

도텐 우체국의 풍선처럼 태평한 분위기도 아니고 원령 마리코 씨가 내뿜는 원망스러운 느낌도 아니다. 훨씬 고요하고 차가운 영적인 기운이다. 어떤 의미에서 신성하다고도 할 수 있는 요기였다.

'이 기운. 왠지 예전에도 느껴봤던 것 같아.'

담력시험을 하러 온 아저씨들도 이 요기를 느끼고 있을까?

그들은 왁자지껄 떠들며 안으로 통하는 문을 들여다보기도 하고, 주방에 침입해 저마다 멋대로 낡은 판자벽을 발로 걷어차 부수거나 아직 깨지지 않은 전등을 몽둥이로 깼다. 사실은 무서운데 그런 마음을 서로 들키지 않으려고 허세를 부리는 사이 자제력을 잃은 것이리라.

'저럴 거면 일부러 찾아오질 말던가.'

그렇게 따진다면 나도 마찬가지지만. 여기에서 할 수 있는 일은 아무것도 없다. 애초에 지켜야 할 비품도 없는 것 같았다. 몰래 빠져나가서 저 사람들에게 들키지 않게 돌아가자.

그렇게 생각했는데…….

쓰러진 선반이 내 쪽으로 그림자를 드리워 지금까지 잘 보이지 않던 자리가 부자연스럽게 반짝이는 것을 발견하고 말았다.

지금 난리통에 아저씨들이 망가뜨렸는지, 마침 벽에 구멍이 난 자리였다. 사실 벽은 어디나 너덜너덜했지만.

문제의 빛은 무척 희미했다. 하지만 내 시선은 오로지 그

한 점으로 쏠렸다.

벽 틈새에서 무척 오래된 듯한 목판이 보였다. 신비한 빛은 아무래도 저 판자에서 나오는 것 같았다.

뭘까?

흙먼지가 쌓인 바닥을 기어가 문제의 벽까지 다가갔다.

와아.

소리를 낼 뻔했다가 겨우 삼켰다.

서핑보드만 한 판자 표면에는 무척 아름다운 붓글씨로 '범천제석, 사대천왕, 천만대자재천신……' 잘 모를 말이 적혀 있었다.

이것이 도텐 우체국 사람들이 찾던 목간임을 대번에 확신했다.

'하필 이럴 때…….'

물건을 찾아내는 내 재능이 기가 막혔다. 이래서야 신경 쓰여서 돌아갈 수 없잖은가. 하지만 아무리 생각해 봐도 지금 내가 할 수 있는 일은 없었다.

웅크린 채로 슬금슬금 뒷걸음질을 쳐서 1미터도 채 못 갔을 때, 주머니에서 슈베르트의 〈마왕〉이 울려 퍼졌다.

"아버지, 아버지, 마왕이 저를 붙잡아요!"

순간 나도, 남자들도 얼어붙었다.

'으악, 쇼타, 이 녀석…….'

에리 씨의 외동아들 쇼타는 내 휴대전화로 게임 하기를 좋아한다. 틈만 나면 휴대전화를 가져가서 노는데, 벨소리까지 바꿨을 줄이야……. 당했다.

'하필 마왕을 고르다니, 센스가 어떻게 된 애야.'

이런 경우, 이래저래 허둥거리다가 가장 무의미한 짓을 하는 법이다. 그래서 나는 전화를 받았다.

"여보세요?"

'뭐야. 아까 전화했지? 무슨 용건이야?'

아오키 씨의 속사포가 귀를 찔렀다.

'여보세요, 들려? 네 휴대전화 오래되어서 망가진 것 아니야? 그거, 분명 배터리 접촉이 잘 안 되는 거야. 빨리 새걸로 바꿔. 아카이 국장님이 아르바이트비 가불해 줬잖아? 요즘은 어느 대리점이나 계약금은 공짜니까.'

아오키 씨는 별로 중요하지도 않은 잔소리를 시끄럽게 퍼부어댔다.

뒤에서 뻗쳐 온 손이 내 휴대전화를 빼앗았다.

고개를 들자 그때까지 심령 스팟의 스릴을 즐기고 있던 남자들이 둥글게 나를 에워싸고 있었다. 모두 얼굴에 '어째서 여기에 이런 계집애가 숨어 있지'라는 의문을 뛰어넘어

'계집애는 우리보다 조금 모자란 생물이니 무슨 짓을 해도 된다'는 저열한 흥분이 묻어났다.

"귀엽네."

"별로야."

"내가 따먹은 애들 중에서는 제일 못생겼어."

그렇게 말한 것은 마리코 씨 애인으로, 내 휴대전화를 어깨 뒤로 던지더니 나를 와락 끌어안았다.

"어디서 봤다 했더니 너, 그저께 만게쓰 식당에 있었지? 나를 용의자라고 부르지 않았던가? 이런 무례한 여자는 우리가 혼쭐을 내줘야지."

성급하게 청바지를 내리려는 다나카 다다히코를 보니 공포보다도 구역질이 나서 까마귀 같은 비명을 질렀다.

'?'

비명을 질러대는 내 귀에 기이한 소리가 들렸다.

묵직하면서도 노기를 품은, 실로 기이하다고밖에 할 수 없는 기운이었다.

"굼벵이 녀석들, 냉큼 이쪽을 보거라!"

기이한 기운을 뿜어내는 존재가 어둠 속에서 나타나 우레 같은 목소리로 말했다.

누가 봐도 인간과는 다른 분위기였다. 인간이라고 하기

에는 너무 키가 크고 어깨 폭이 넓었고, 온몸이 근육 세포로만 이루어진 것 같았다.

난봉꾼들이 미국 만화책의 슈퍼 히어로처럼 생긴 그 남자의 등장을 눈치챘을 때, 그가 청바지를 무릎까지 내린 다나카 다다히코의 머리를 뒤에서 움켜잡아 가볍게 내동댕이쳤다.

불량 아저씨들이 동시에 "끄악!" 하고 소리쳐서 탁한 화음이 벽에 메아리쳤다.

한편 슈퍼 히어로는 아무 표정도 없었다. 봉제인형이라도 집어 들 듯 가볍게 두 번째 남자의 얼굴을 붙잡아 머리 위로 치켜들었다.

나는 넋이 빠진 채로 눈앞에서 펼쳐지는 액션 게임 같은 광경을 바라보았다.

악당들은 우르르 도망쳤고 표정 없는 슈퍼 히어로는 그 모습을 태연히 굽어보았다.

"어머나, 오니즈카. 일 한번 요란하게 하네. 시대극 같아서 후련했어."

달아나는 난봉꾼들을 대신해 안으로 들어온 것은 아오키 씨였다.

"오, 오니즈카 씨?"

출근기록부에 늘 도장만 찍혀 있던 수수께끼의 오니즈카 씨가 이렇게 초인 같은 인물이었단 말인가. 나는 굴러다니는 휴대전화를 주워 들며 새삼 오니즈카 씨의 위용을 올려다보았다.

"그런데 두 사람 다 어떻게 여기에?"

"국장님하고 도텐 씨가 노래방에 가버리는 바람에."

"노래방이요?"

그 두 사람은 노래방에서 무슨 노래를 부를까?

"나는 노래방을 싫어하거든. 어머, 하지만 딱히 음치는 아니야. 그래서 오니즈카하고 함께 창고를 정리하러 온 참이었어. 마침 출발할 때 전화가 와서 수화기를 들려는데 끊어졌지 뭐야. 번호를 보니까 너였고. 설마 이런 곳에서 위험에 처해 있을 줄이야, 깜짝 놀랐어."

아오키 씨는 기절한 다나카 다다히코의 뺨을 툭툭 쳐서 깨웠다.

"우리 새끼 원숭이한테 더러운 짓 했다간 네 훌륭한 거시기를 잘라버릴 거야. 아니, 오니즈카에게 맡기면 잡아뜯어버리려나. 어때, 오니즈카는 어느 쪽이 좋아?"

"찌부러뜨려야지."

"어머, 들었어? 네 이거, 찌부러뜨리겠대, 이걸."

도텐 우체국의 두 사람이 오싹한 대화를 나누는 사이 정신을 차린 나는 꺄아악 소리를 지르며 아오키 씨를 끌어안았다.

"뭐, 뭐야, 얘. 나한테 이상한 짓 하려고?"

질색하는 아오키 씨에게 매달려서 부서진 판자벽으로 팔을 뻗으며 "목간, 목간" 하고 소리쳤다.

그 의미를 알아들은 아오키 씨가 벽 틈새에 찰싹 달라붙었다.

자유로워진 다나카 다다히코는 방금 전까지 기절했던 사람 같지 않은 속도로 정문을 통해 밖으로 뛰쳐나갔다.

"어머. 어머어머. 아이참, 이거 기청문이잖아?"

아오키 씨가 빽 소리쳤다. 아오키[青木]라는 이름처럼 얼굴이 새파래지더니 아카이[赤井] 국장님처럼 새빨개졌다.

"대단해, 너. 정말 물건을 잘 찾는구나? 뭐, 다들 재주 하나쯤은 있다니까."

오니즈카 씨는 판자벽 틈새에서 거대한 목간을 꺼내려는 동료를 악당을 상대하는 것과 별 차이 없이 무심한 태도로 밀어내더니 너무 쉽게 벽을 뜯어내고 내용물을 끄집어냈다.

나는 갑자기 온몸에 긴장감이 싹 풀려서 비틀거리며 일

어섰다.

나쁜 아저씨들이 버리고 간 손전등이 안쪽 벽을 둥그렇게 비추고 있었다. 그 흐릿한 시야 속에 또 한 사람, 누군가의 기척이 느껴졌다.

'마리코 씨?'

문득 그런 생각이 들었지만 눈에 익은 그녀의 모습은 어디에도 없었다.

대신 몇 세대 전 청량음료 포스터에 찍힌 아이돌의 미소가 보였다.

'뭐야, 깜짝 놀랐네.'

나는 굴러다니는 손전등을 집어 목간을 운반하는 두 사람의 발밑을 비추었다.

어지간히 무거운 모양이다. 비쩍 마른 아오키 씨야 그렇다 쳐도 근육밖에 없는 오니즈카 씨도 끙끙거리고 있다. 하다못해 조금이라도 도움이 될까 싶어 나도 달려갔다.

그 순간, 또 시선을 느꼈다.

무심코 전등을 비추자 그곳에 포스터는 없고 오래된 무용 의상을 입은 자그마한 여인이 서 있었다. 그렇지만 그 역시 착각이고 그저 낙서로 가득한 콘크리트 벽뿐이었다.

하지만 분명 누군가가 거기에 있다.

그리고 내가 알아차렸다는 것을 알아차렸다.

'무서워……'

나는 진심으로 공포를 느꼈다.

어둠이 마치 오페라 속 마왕처럼 나를 붙잡으려 한다.

그런 기분이 들어 오니즈카 씨 등에 매달리자, 이 미국 만화책의 슈퍼 히어로 같은 사람도 나와 마찬가지로 어둠을 노려보고 있었다.

❊

아파트로 돌아오니 마리코 씨가 어두운 방 안에서 아무 것도 하지 않고 또 방 귀퉁이에 앉아 있었다. 이누야마 드라이브인에서 있었던 소동으로 녹초가 된 나는 마리코 씨의 귀신 같은 무서운 모습을 보고도 놀랄 기력이 없어 "다녀왔어요"라고 늘어진 목소리로 말했다.

"무슨 일이야?"

초췌한 나를 보고 걱정하는 마리코 씨의 얼굴에서 핏기가 가셨다.

"응. 조금."

말을 흐리며 냉장고를 뒤졌다.

"맥주 마실래요?"

"마셔도 돼? 고마워……. 고마워……."

마리코 씨가 늘 그렇듯 엄청 기뻐해서 마음이 조금 편해졌다.

냉정하게 생각해 보면 마리코 씨는 소행이 오싹한 것만 빼면 정말 무해한 유령이다.

자기가 살해당한 사건이 여전히 해결되지 않아 미련을 품고는 있지만 범인을 그리 증오하는 눈치도 없다. 이렇게 미련 없는 사람이 성불하지 못하는 것도 참 이상한 일이다.

"나는 이루지 못한 꿈이 있으니까……."

"어, 원령도 꿈이 있어?"

무심코 무례한 질문을 하자 마리코 씨는 화난 표정을 지었다.

"있지, 마리코 씨. 지옥극락문에 오는 사람들은 다들 제법 격식 있는 옷차림을 하고 와요. 마리코 씨도 멋진 옷을 입으면 의외로 성불할 수 있을지 몰라요."

"내겐 이게 제일 좋은 옷이야. 선생님이 사주셨는걸……."

마리코 씨는 불륜 상대였던 원장 선생을 그리워하듯 말했다. 아무리 그래도 지금 다나카 다다히코 이야기가 나오면 폭발할 것 같았는데, 그녀가 칭찬하는 상대가 불륜 상대

쪽이라 다행이었다.

"시험 삼아 내 옷 좀 입어볼래요? 합격은 떼놓은 당상, 행운의 정장인데."

약간은 거짓말이다.

"그렇게 마음 써주지 않아도 돼……."

마리코 씨가 가느다란 손가락으로 불에 그슬린 머리카락을 쓸어 올리더니 곰곰이 자기 모습을 굽어보았다. 나는 옷장을 열어 면접용 정장을 꺼냈다. 취업 면접 시 입으려고 산 수수한 짙은 회색 정장이다.

이렇게 보니 단정하니 제법 멋진데. 하지만 학교에서 가장 면접용 정장이 어울리지 않는 여자였던 내가 입으니 아무래도 꼭두각시 옷 같았다…….

'정장마저 나를 버렸나.'

그런데 나 못지않게 딱딱한 정장과 인연이 없어 보이는 마리코 씨는 드물게 진지한 표정이었다.

"이거, 의외로 어울릴지도……."

기쁜 듯 "후후" 하고 마리코 씨의 입꼬리가 올라갔다.

"잠깐 고민 좀 해볼게……."

그렇게 중얼거리더니 말도 없이 또 사라졌다.

❊

마리코 씨는 2주도 더 지나서야 다시 나타났다.

"있지……. 그 정장 입어보고 싶은데……."

"혹시 그 후로 계속 고민했어요?"

2주 동안이나 어둠 속 어딘가에 숨어 고민하는 마리코 씨의 모습을 상상했다.

"좋아요. 빌려줄게요."

그런 경위로 나는 마리코 씨에게 면접용 정장을 입혀서 도텐 우체국으로 데려갔다.

도텐 우체국에서는 기청문을 발견한 덕에 내 평판이 조금 올라갔다. 원령 마리코 씨와 함께 가도 예전처럼 아오키 씨에게 혼나는 일도 없었다.

"어머, 마리코 씨. 스타일 바꿨네."

정장과 구두뿐만 아니라 반쯤 그슬린 머리카락도 정성껏 빗어 올림머리를 했다. 멀리서 보면 햇병아리 사회인처럼 신선했다.

마리코 씨도 평소와 다른 자기 모습에 들떠 있었다. 들뜬 나머지 엉뚱한 방향으로 애교를 부리며 취업 준비생 흉내를 내고 있다.

"어…… 장점은 남자에게 인기가 많은 점이고, 단점은 여자에게 미움받는 점?"

공덕 통장에 인쇄해 보니 불륜, 외도, 남의 애인 빼앗기, 양다리, 문어 다리 등 내연 관계에서 흔히 생기는 악행이 줄줄이 이어졌다. 아오키 씨가 실실 웃으며 "99% 지옥행"이라고 했지만 마리코 씨는 조금도 주눅 들지 않고 건너편으로 가는 사람들의 행렬에 끼었다.

"원령이 웃는 모습은 처음 봐."

아오키 씨가 얄밉게 평가하는 그녀의 미소도 지옥극락문이 다가오자 점점 얼어붙었다. 우리 집 방구석에서 어색하게 머물던 때를 제외하면 원령인 그녀가 지금까지 어느 귀퉁이에서 지냈는지 궁금해졌다.

'성불은 힘든 일이구나.'

검은 단화를 신은 마리코 씨가 덩굴장미가 감싸고 있는 아름다운 지옥극락문을 향해 한 걸음을 뗐다. 지켜보는 나까지 심장이 벌렁거렸다. 이 긴장감은 면접장에 들어갈 때와 똑같다.

마리코 씨가 반쯤 그슬린 머리카락과 시반을 숨긴 얼굴로 뒤를 돌아 뻣뻣하게 손을 흔들었다.

"화이팅!"

나는 그렇게 중얼거리며 지옥극락문에서 꽃밭 속으로 사라져가는 마리코 씨를 지켜보았다……. 그런데.

그 모습은 사라지지 않았다.

행렬 속 다른 사람들은 풍경 속으로 녹아드는데 마리코 씨 혼자 문을 빠져나가도 아무 변화가 없었다. 그런 자기 모습에 당황해서 땋아 올린 머리카락이 엉망이 되도록 우왕좌왕했다.

"아아, 역시 원령이 성불하는 건 불가능한 일이야."

아오키 씨가 팔짱을 풀고 구레나룻을 긁적거렸다.

"어머머, 마리코 씨, 우울해한다, 우울해해."

마리코 씨는 민망함을 견디지 못한 듯 그 자리에 주저앉았다.

저 모습은 면접시험을 보고 불합격 통보를 받았을 때의 나와 똑같다. 기대했던 결과가 마법처럼 사라지고, 앞으로도 영원히 합격할 수 없으리라는, 그 불쾌한 초조함과 자기혐오.

"내 정장을 입혀서 그런가."

나는 나와 똑같은 마리코 씨를 보고 미안한 마음이 들었다.

"말은 그러면서 너, 안심한 표정인데?"

"네? 제가 그런 표정을 지었어요? 아니, 그럴 리가요."

아오키 씨의 지적에 나는 당황했다. 그렇다, 분명 마리코 씨가 사라지지 않고 남아줘서 조금 안심했을지도 모른다.

'아직 조금 더 함께 있을 수 있다고 생각하고 말았어. 마리코 씨, 미안.'

사실 구직을 하면서 불합격 통보를 받으면 남몰래 그런 마음도 들었다.

조금 더 이대로 있을 수 있어.

그야 떨어졌는걸.

그러니 내일도 또 어제와 똑같은 나로 지내는 수밖에 없어…….

"몰라. 정말이지, 네가 쓸데없는 짓을 해서."

아오키 씨가 내 등을 툭 때리고 우체국 건물로 돌아갔다.

마리코 씨는 그림처럼 아름다운 모습으로 슬픔에 잠겨 있었다.

그 모습을 보고 어쩔 줄 몰라 갈팡질팡하는데 머릿속에서 뭔가 번쩍 떠올랐다. 찾는 물건이 나왔을 때와 흡사한 느낌이 희미하게 퍼져나갔다.

"어라? 이게 부모님이 말씀하셨던 그것 아닐까?"

'결국 사람은 자기가 하고 싶은 일을 하게 되어 있어.'

'너무 급하게 정하지 마.'

"나도, 마리코 씨도, 어떤 과정을 하나 빼먹은 것 아닐까?"

내가 마리코 씨를 위해 할 수 있는 일은 낙제 전용 같은 면접용 정장을 빌려주는 게 아닌 것 같았다. 내가 해야 할 일은 내심 낙제를 바라며 하는 구직 활동이 아니다. 하지만 그렇다면, 그렇다고 해서 내가 뭘 할 수 있을까?

"잠깐, 너. 언제까지 땡땡이칠 셈이야, 일을 해!"

아오키 씨가 우체국 창밖으로 몸을 내밀고 고함을 질렀다. 나는 허둥지둥 몸을 돌려 마리코 씨를 보았지만 어쩌면 좋을지 알 수가 없어 "으음" 하고 신음했다.

'일단 마리코 씨에게 무슨 말이라도 해줘야지.'

기회는 또 있어, 실패가 뭐 어때서.

친구들도 자주 그런 말을 해줬지. 하지만 그게 별 위로가 되지 않는 것은 직접 경험해 봐서 아는데. 그렇다면 잠시 내버려 두는 게 나을지도 모르지만 그것도 너무 심한 것 같고······.

'어쨌거나 말하자. 다음이 있어! 원령이 뭐 어때서!'

꽃밭으로 가려는데 어느새 옆에 와 있던 도텐 씨가 팔을 붙잡았다.

"저기 좀 봐요. 저 사람, 콩트 55호에 나오는 빨간 닌자 같군요."

지금은 마리코 씨에게 가장 중요한 순간인데, 어지간히 재미있는 일이 생겼는지 도텐 씨가 키득키득 웃으며 정문 근처를 가리켰다.

"저 사람이라니요?"

나는 도텐 씨가 가리키는 방향을 보고 간이 떨어질 뻔했다.

"으악."

빨간 추리닝을 입은 자그마한 사람이 닌자처럼 몰래 우체국 창문으로 안을 들여다보고 있었다. 이곳은 도텐 우체국이니 반쯤 그슬린 마리코 씨 같은 원령이 잘못 찾아오는 경우도 있고 산 사람이 공덕 통장을 정리하러 오는 경우도 있다.

하지만 만게쓰 식당의 에리 씨가 오는 건 이상하다.

그것만으로도 위험한데 에리 씨가 나를 알아보았다.

"아즈사…… 너…… 역시…… 여기서……."

말을 마디마디 끊어가며 에리 씨가 목소리를 억누른 채 외쳤다.

"네가 이 귀신 우체국에 홀렸을 줄이야……."

자, 달아나자, 달아나, 하고 호들갑을 떠는 에리 씨에게 팔을 붙들린 나는 횡설수설하며 열심히 상황을 수습하려 했다.

"아즈사, 무슨 일이야?"

사정을 알아차린 아카이 국장님이 달려왔지만 결국 "날씨가 참 좋군요" 하고 쓸데없는 소리나 늘어놓았다.

'아아……'

도텐 우체국 근무 첫날에 나는 분명 만게쓰 식당에서 잔뜩 불평을 늘어놓았다. 불평이라기보다 그곳에서 벌어지는 초자연현상을 심각하게 의논한 것이었다. 그리고 한동안 내 거동이 수상했던 것도 사실이다. 그 무렵에는 실제로 죽은 사람이 가는 우체국 때문에 겁을 먹었으니까.

"찾아오기 어렵진 않으셨습니까?"

아카이 국장님이 흙 묻은 손을 델빵바지 가슴께에 닦으며 다시 에리 씨에게 미소를 던졌다. 붉은 얼굴의 국장님이 이렇게 웃으면 세상에 둘도 없는 호인으로 인상이 바뀐다.

에리 씨는 경계심을 약간 풀고 내게서 손을 뗐다.

"백중이 지나니 가을바람이 불어오는군요."

평범한 화제에 이끌려 에리 씨는 의자 대신 그루터기에 걸터앉았다.

나는 도루하는 주자처럼 슬금슬금 뒷걸음질로 건물 안에 들어갔다.

성불하지 못한 마리코 씨가 이쪽의 이변을 눈치챘는지 종종걸음으로 다가왔다. 아오키 씨가 그녀를 밀어내더니 화난 얼굴로 내 앞을 가로막고 섰다.

"보아하니 너, 다른 사람한테 도텐 우체국 얘기를 했구나?"

정곡을 찌르는 말이라 나는 우물쭈물했다.

"설마 하계에서 아무 상관 없는 사람이 올 줄이야, 우리도 방심했어."

아오키 씨는 또 '기적부'를 꺼내더니 심각한 표정으로 기록하기 시작했다.

"네가 오고 나서 이상한 일만 벌어지네."

"죄송합니다."

아카이 국장님이 도텐 우체국은 이곳에 와야 할 사람을 선택한다고 했다. 도텐 우체국은 진심으로 이곳을 필요로 하는 사람만 선택한다. 즉 도텐 우체국이 선택한 사람이 아니면 이곳에 오지 못한다.

그렇다면 에리 씨 또한 '도텐 우체국에 가야 한다'는 강력한 목적의식이 있었다는 뜻이다. 그것은 도텐 우체국에 홀린 나를 구하려는 목적이다.

그렇다면 도텐 우체국의 선별은 극히 기계적이고, 이곳에 적의가 있는 사람도 구분 없이 부른다는 걸까?

'뭔가 조금 다른 것 같은데.'

"국장님, 저 사람한테 무슨 말씀을 하는 걸까?"

마리코 씨가 조심스럽게 중얼거렸다.

"트, 라, 우, 마."

'기적부'에 기록을 마친 아오키 씨가 "히히히" 하고 오싹하게 웃었다.

"아카이 국장님은 지금, 저 여자한테 최고로 오싹한 스페셜 괴담을 들려주고 있어. 아카이 국장님의 괴담은 인지를 초월한, 이를테면 판도라의 상자……."

"?"

무슨 목적으로 그런 짓을 하느냐는 무언의 질문에 아오키 씨가 차가운 미소를 머금고 대답했다.

"떠올리기 싫은…… 절대 떠올리기 싫은 끔찍하기 짝이 없는 이야기를 들은 여자는 기억에서 그것을 말소하려고 여기에 왔다는 사실까지 전부 잊어버리거든."

아오키 씨가 또 "히히히" 웃었다. 나는 의심과 두려움이 뒤섞인 눈으로 창밖의 아카이 국장님을 바라보았다.

처음의 험악한 분위기와는 딴판으로 에리 씨는 고분고분 이야기를 듣고 있다. 아오키 씨 말처럼 최고로 오싹한 스페셜 괴담을 듣고 있는 사람처럼 보이지는 않았다.

웃지도 않고, 흥분해서 듣고 있는 기색도 아니다. 시간이 얼마나 지났을까. 에리 씨는 쓰윽 일어서더니 도텐 우체국은 쳐다보지도 않고 그대로 비탈길을 내려갔다.

아카이 국장님이 들려준 이야기가 기억이 오작동할 정도로 무서운 이야기였는지는 알 길이 없다. 하지만 에리 씨 안에서 도텐 우체국에 대한 모든 정보가 삭제된 것은 사실 같았다.

'무서워.'

최근 완전히 익숙해진 도텐 우체국에 오랜만에 경계심을 느꼈다.

❈

왠지 기묘한 손님이 많은 날이다.

백의를 입은 유독 출싹거리는 아저씨가 찾아와 아오키 씨 창구에서 공덕 통장을 만들어 달라고 했다.

옷깃 사이로 고급스러운 와이셔츠와 그에 못지않게 우

아한 넥타이가 보였다. 그런 반면 제대로 빗지 않은 머리카락에는 기름때와 비듬이 있었다. 주머니에는 청진기와 함께 전자계산기가 들어 있다.

옆 창구에 있는 나도 맡을 수 있을 만큼 묘하게 시큼한 냄새가 나서 무심코 손으로 코를 막았다. 분명 백의를 입은 손님이 풍기는 체취였다.

"거기 아가씨. 제게서 냄새가 납니까?"

시큼한 체취의 아저씨가 나를 똑바로 쳐다보았다. 차마 냄새가 난다고 말할 수는 없어서 난처해하자 상대는 내 대답을 기다리지도 않고 자기 겨드랑이 냄새를 맡았다.

"솔직히 요즘은 환자들까지 냄새가 난다고 하는데. 솔직히 바빠서 목욕할 시간조차 아까워요. 솔직히 수면 시간도 2시간이니까요, 2시간. 간호사들도 이따금 저 몰래 인상을 찌푸려요. 다들 제가 모르는 줄 알겠지만. 솔직히 알지요, 저는 경영자니까. 하지만 바빠서 죽을 지경이라……."

아저씨는 속사포처럼 말하더니 그급 손목시계를 손가락으로 두드렸다.

마리코 씨가 얼어붙은 표정으로 대기실 소파와 텔레비전 사이의 어두운 틈새에 웅크리고 있었다. 평소 같으면 사무적으로 공덕 통장을 정리하는 아오키 씨도 유독 버벅거렸다.

"당신당신당신. 뭘 하는 거요, 솔직히 급하다니까."

몹시 성급하게 투덜거리는 백의의 남자가 내민 통장을 무심코 들여다보았다.

우쓰미 엔사쿠.

입만큼이나 많은 말을 하는 눈빛으로 마리코 씨에게 무언의 메시지를 보냈다. 우쓰미 엔사쿠[円作]라니, 누가 봐도 돈을 잘 벌 것 같은 이름을 가진 이 사람은 마리코 씨 생전의 불륜 상대였다.

'이렇게 땀 냄새 나는 사람이었어?'

그는 우쓰미가의 데릴사위로 자그마한 의원을 종합병원으로 확충했다. 원장으로서 진료도 보고, 병원 경영도 돌보고, 내연녀도 두고, 살인 용의자까지 되었을 정도로 몹시 바쁜 사람이다.

"……그러니까 운전 중에 아주 잠깐 정신을 잃은 것뿐입니다. 솔직히 그걸 졸음운전이라고 할 수는 없어요. 아니, 솔직히 졸음운전이긴 하지만. 그래도 잔소리 들을 이유는 없죠. 누구한테 피해를 준 것도 아니고, 솔직히."

'솔직히'를 연발하는 것은 솔직함과는 거리가 먼 인생을 살아왔다는 사실을 무의식적으로 변명하느라 그런 걸까?

나는 다시 고약한 체취의 아저씨를 훔쳐보았다.

아내나 불륜 상대보다 바쁜 생활이 인생의 반려였던 우쓰미 원장은 과로로 졸음운전을 해서 전봇대를 박고 즉사했다. 바야흐로 지금, 이 냄새 나는 시체가 그의 병원 근처 교차로에 멈춘 애마 속에서 발견된 모양이다. 우쓰미 원장은 위독한 환자의 가족을 앞에 둔 것처럼 차분한 표정으로 그렇게 설명했다.

이 사람에게는 자신의 죽음이나 지금까지 떠나보낸 수많은 타인의 비극이나 별 차이 없는 것이다.

원장은 여전히 "솔직히, 솔직히" 하고 같은 소리를 하면서 소파와 텔레비전 사이의 어둑한 공간을 쳐다보았다.

그곳에 있는 마리코 씨를 알아본 건가 싶었더니, 원장은 우리 쪽으로 고개를 돌려 불안하게 손을 비비며 단말기에 들어가는 공덕 통장을 초조하게 쳐다보았다.

'이 사람, 자기도 유령이면서 마리코 씨가 안 보이나 봐.'

마리코 씨는 우쓰미 원장과 불륜 관계였을 때 세 다리를 걸쳐 다른 남자의 아이를 임신하기도 했지만……. 그래도 옛날 불륜 상대가 글자 그대로 자기를 거들떠보지도 않는다는 사실에 충격을 받은 것 같았다.

"아니, 솔직히 아내가 저를 위해 어떤 장례식을 치를지 흥미진진합니다. 그 여자는 지독한 구두쇠니까요. 하지만 솔직히 병원의 앞날을 생각하면 너무 허접한 것도 체면이 걸린 문제라. 뭐, 솔직히 대충 잡아서……."

"이제 서두를 필요 없어요."

다리를 달달 떨며 전자계산기를 두드리는 우쓰미 원장에게 아오키 씨가 공덕 통장을 건넸다.

"좋아, 좋아좋아좋아. 누락은 없군, 오케이."

우쓰미 원장은 기장 내용을 손가락으로 더듬어가며 확인하더니 성큼성큼 정원으로 나갔다. 그대로 큰 걸음으로 지옥극락문을 통과해 아무 미련도 감회도 없이 황천의 꽃밭 속으로 사라졌다.

"지금 그 사람 공덕 통장 말인데."

아오키 씨는 비밀 엄수 의무가 있으니 사실 말하면 안 되지만, 하고 단서를 달고 나서 말했다. 이 세상에 속한 것 같지도 않은데, 이런 곳에도 비밀 엄수 의무가 있다는 사실에 놀라는 나를 아랑곳하지 않고 아오키 씨는 우쓰미 원장이 떠난 창밖으로 시선을 돌렸다.

"저 사람, 외도도 했고, 나이 들어서 냄새도 고약하고, 병원을 경영할 때 상당히 악랄한 짓도 했지만. ……살인이라는 부채는 없었어."

"아, 그런가. 공덕 통장에 기록되면 범인인지 금방 알 수 있겠네요."

나는 억지로 밝은 목소리를 냈다.

"다행이야, 마리코 씨. 용의자가 한 명 줄어서, 사건의 진상에 다가간 셈이에요."

"뭐야……."

텔레비전과 소파 틈새에 끼어 있던 마리코 씨가 몹시 불만스러운 표정으로 말했다.

"다시 태어난다면 나는 지옥의 귀신이 되고 싶어. 그래서 나쁜 사람에게 벌을 줄 거야……."

그런 소리를 중얼거리더니 바로 말을 바꾸었다.

"역시 안 되겠지. 안 돼, 안 돼. 그런 생각을 하면 범죄자로 다시 태어날 것 같아……."

소파와 텔레비전 사이의 어둠 속에 있던 마리코 씨가 흐릿하니 사라지는 모습을 언뜻 본 것 같았다. 황급히 뒤를 돌아보자 어디를 찾아도 그 모습은 보이지 않았다.

"저기……. 저, 뭔가 나쁜 말을 했나요?"

조심스레 묻자 아오키 씨는 "별로"라고 말하고 심술궂게 콧방귀를 뀌었다.

❁

　도텐 우체국에 기묘한 손님들이 몰려온 그날, 내가 모르는 곳에서 기묘한 일이 벌어지고 있었다. 그 중심에 있던 것이 도텐 우체국에서 집으로 돌아가던 에리 씨였다.

　에리 씨는 펄핑크색 경차를 몰아 만게쓰 식당을 향해 이누야마산에서 시가지로 가는 외길을 달렸다. 아들 쇼타와 함께 뽑기 게임으로 얻은 디즈니 캐릭터 인형들이 대시보드 위에서 화기애애하게 흔들렸다. 룸미러에 매단 부적도 마찬가지로 흔들렸다.

　어라? 에리 씨는 의아했다.

　부적을 산 기억이 없다.

　아니, 샀을지도 모른다. 분명 기억하지 못할 뿐이다.

　목판에 작은 방울이 달린 부적은 교통안전 도장이 찍혀 있고, 뒷면에는 '이누야마히메노미코토'라고 적혀 있었다.

　정말 이상한 날이야. 에리 씨는 그렇게 생각했다.

　어떤 중요한 용건이 있어 오전에 가게 문을 닫았는데 그 용건이 무엇인지 기억나지 않는다.

　누군가와 흔한 잡담을 나누었던 것 같다. 멜빵바지를 입은, 덩치가 크고 얼굴이 붉은 남자였던 것 같다.

의식은 선명한데 기억만 아리송했다. 제왕절개로 아들을 낳았을 때, 수술이 끝나고 의료진이 깨웠을 때도 꼭 이런 느낌이었다.

'에리 씨, 에리 씨. 끝났습니다.'

누군가가 그런 소리를 했고, 마취 때문에 수술 중에 있었던 일은 전혀 기억하지 못하는 그녀는 초조해서 눈썹을 찌푸렸다.

'뭐가 끝났다는 거지? 됐으니까 빨리 수술해 줘.'

그때 일은 몇 번을 떠올려도 웃음이 나온다. 수술 전과 수술 후가 한 점으로 이어져서 정작 중요한 수술은 없었던 일이나 마찬가지. 하지만 아들은 무사히 태어났고, 에리 씨는 어머니가 되었다.

옛날 사람들이 말하는 '귀신이 곡할 노릇'이라는 게 그런 느낌이겠지.

그나저나 굳이 가게까지 쉬어가며 어째서 이런 곳을 달리고 있는 걸까?

'혼자서 이누야마 드라이브인에 담력시험을 하러 갔다거나? 설마.'

신호에 걸려 차를 세운 에리 씨는 횡단보도를 가로지르는 소녀를 멍하니 바라보았다.

'이상한 복장.'

자그마한 소녀는 확실히 특이한 옷을 입고 있었다.

늦더위가 기승인데 두꺼운 비단 자수 기모노에, 머리에는 별 장식이 달린 고풍스러운 관을 썼다.

'축제 의상인가?'

그렇게 생각했을 때, 소녀의 작은 얼굴이 이쪽을 돌아보았다.

아니, 그것은 소녀의 진짜 얼굴이 아니라 가면이었을지도 모른다.

두 눈은 홍채가 없이 온통 금빛이었고 표정 없는 얼굴은 사람이 아닌 것처럼 이목구비가 완벽했으니까.

에리 씨는 그 얼굴이 자기와 같다는 것을 깨달았다. 하지만 기묘하다는 생각조차 하지 않았다.

'에리 씨, 에리 씨. 이제부터예요.'

시간이 빙글빙글 과거로 돌아간다.

의식이 멀어지더니 이제 수술이 시작된다.

이번에는 누구를 낳는 걸까?

신호가 바뀌고 에리 씨는 차를 출발시켰다.

아무 문제도 없이 운전을 계속했다.

만게쓰 식당으로 돌아온 뒤에도 '준비 중' 팻말을 걸어둔 채로 주방으로 들어갔다. 시간이 지났는지 어느새 아스라한 저녁 햇살이 비쳐 들었다.

"노을이 지지 않았으니 내일은 분명 비가 내리겠네."

쇼타가 이쪽에 등을 돌린 채로 말했다. 에리 씨는 "어" 하고 어중간하게 대답했다. 쇼타가 있다는 건 유치원에 데리러 갔다는 뜻인데, 잘 기억이 나지 않는다.

"쇼타, 엄마는 밤이 되면 나가봐야 해. 미안하지만 저녁 혼자서 먹어."

"그럼 오므라이스 해줘."

"냉장고에 넣어둘 테니 전자레인지로 데워 먹어. 손 데지 않게 조심하고."

"나도 알아."

"샐러드도 꼭 먹어."

아들의 식사를 마련해 놓고 에리 씨는 목덜미까지 덮는 검은 스웨터와 짙은 색 청바지로 갈아입었다.

"엄마, 그런 옷 입고 안 더워?"

아들이 시큰둥한 목소리로 물었다. 가지고 노는 게임기는 무라시타 씨가 준 선물이다.

'그 사람의 친절은 호의라고 받아들여야 할까, 아니면 사심으로 봐야 할까?'

그런 생각을 하며 다시 외출했다.

❀

같은 날 밤, 시립박물관에서 도난 사건이 발생했다.

오래된 박물관에는 경비원이 상주하고 있었지만 침입자를 전혀 알아차리지 못했다고 한다. 그래도 피해가 경미했던 것이 불행 중의 다행이었다. 최상층에 있는 천문 전시실 케이스가 하나 박살 났을 뿐이다.

도난당한 도텐 운석은 10년 전 이누야마산 부근에 떨어진 것이다. 이 박물관에 전시된 후로 괴담 비슷한 에피소드를 몇 개나 일으켰던 운석이지만, 실제로 그 소동을 아는 사람은 이제는 전시 주임 한 명뿐이다.

"피해는 도텐 운석 하나뿐인가. 그렇다면 오히려 귀찮은 문제를 해결했군요."

한밤중에 불려 나온 전시 주임은 굳은 표정의 경비원을 위로하듯 그런 말을 했다.

"기운 내요. 그렇게 낙담하지 않아도 괜찮으니까."

전시 주임은 늘 매는 나비넥타이를 꼼꼼히 가다듬더니 자동판매기에서 커피를 샀다. 졸아든 것처럼 진한 검은 액체를 홀짝이고 있으려니 이윽고 경찰이 도착했다.

 순찰차의 빨간 램프가 갑자기 내리는 빗속에서 횃불처럼 흔들렸다. 더워 보이는 유니폼을 입은 경찰이 척척 움직이는 것을 전시 주임은 감탄하며 바라보았다.

 "천문 전시실 창문이 깨졌어요. 하지만 그것 말고 다른 이상은 못 찾았습니다."

 전시 주임에게 젊은 경찰관이 보고했다.

 전시 주임은 여전히 태평하게 고개를 끄덕였다.

 "그건 유령 운석이니까요."

 모든 출입구는 잠겨 있었고, 유일하게 깨진 유리창은 천문 전시실이 있는 최상층 창문이었다. 그 창문은 홈 하나 없이 매끈한 벽면에 달려 있었다. 옥상에도 침입한 흔적은 없었다.

 만약 도둑의 침입 루트가 깨진 창문이라면 도텐 운석의 전설에 또 하나 기묘한 이야기가 더해질 것 같았다.

 '분명 범인은 날개가 있거나 빨판이 있거나, 아니면 미국 만화 히어로 같은 녀석이겠지.'

 젊은 경찰관은 피해를 입은 전시 케이스의 크기를 재면서 그런 우스갯소리를 지어냈지만 자기가 생각해도 전혀 우습지 않아 잠자코 있었다. 장소가 박물관 전시실이라 지문은 무수히 많았고, 도난당한 물건이 운석 하나라서 서류상 사건으로 끝날 것 같았다.

'그보다 서장님은 시체가 없는 주부 살해 쪽에 주력하고 있으니.'

하지만 둘 다 미해결로 끝나겠지.

경찰관은 그렇게 생각하며 하품을 삼켰다.

❉

그날 밤, 쇼타는 늦게까지 게임을 했다. 어머니가 상당히 늦게까지 돌아오지 않은 것이다.

선물 받은 RPG 게임은 지금까지 가지고 놀았던 액션 게임보다 어려웠지만 그만 시간을 잊고 **빠져들었다**. 내일도 비가 오면 계속해야지…….

6
도텐 우체국 vs 이누야마히메

8월 하순이 되자 태풍이 잦아졌다.

나는 노란 우비를 입고 비바람을 온몸에 맞으며 자전거를 몰았다.

이누야마산으로 이어지는 외길.

짙은 회색빛 하늘에서는 구름이 자전거보다 훨씬 빠르게 달려갔다.

논에서는 벼 이삭이 미친 듯이 흔들렸고, 어젯밤부터 계속된 비 때문에 물이 도로 높이까지 차올랐다. 역시 길은 막혔지만 자전거를 타고 교외로 달려가는 사람은 나뿐이었다.

이누야마산 비탈 근처까지 가자 나 말고는 아무도 없었다. 이런 날에 산꼭대기까지 올라가는 손님은 없을 줄 알았는데……. 산기슭에 서 있는 다마에 대모님의 검은 세단을 보았을 때는 조금 놀랐다.

'나보다 늦게 오다니 어떻게 되어먹은 겁니까!'

속으로 다마에 대모님을 흉내 내며 비탈길을 올라갔다.

폭풍우가 휘몰아치는 산길은 어디를 걸어도 빗물이 계류처럼 쏟아져, 자전거를 끌며 올라가는 사이 점점 분통이 터졌다. 신발이 물에 흠뻑 젖어 아이처럼 물웅덩이를 밟아서 물보라를 일으켰다.

그렇게 고생해 가며 도착한 도텐 우체국에는 역시 다마에 대모님이 먼저 와 있었다.

하지만 도텐 우체국 정면에는 임시 휴업 팻말이 붙어 있었다. '산 사람도, 죽은 사람도, 오늘은 접수할 수 없습니다'라는 것이었다.

'산꼭대기니까 태풍이 오면 죽은 사람도 힘들겠지, 분명.'

살아 있는 나는 마치 헤엄으로 건너온 듯한 몰골이었다. 처마 밑에서 흠뻑 젖은 양말을 짜고 있으려니 대모님이 유리문 안에서 손짓했다.

"안녕하세요. 지각해서 죄송해요."

"그런 건 아무래도 상관없어요."

대모님은 근엄하게 말하더니 내 귀에 얼굴을 대고 속닥속닥 속삭였다.

"여기, 오늘 아침에는 좀 이상하군요. 내가 다니기 시작한 후로 이런 일은 처음이에요. 정말이지, 처음이에요."

준비성 좋은 미호코 씨가 목욕수건을 가져왔다. 대모님은 자기 손자라도 돌보듯 내 머리를 쓱쓱 닦아주더니 몸 둘 바를 모르는 내 머리에 수건을 씌운 채로 나직하게 말했다.

"당신, 조심해요."

"네? 뭘 조심하라는……."

대모님은 당황하는 내 손안에 목캔디를 하나 쥐어주고 평소처럼 며느리 미호코 씨와 운전사를 거느리고 돌아갔다.

"저……. 무슨 일이에요, 다들?"

대모님이 의미심장한 시선을 보낸 방향. 도텐 우체국은 분명 이상했다.

가장 기묘한 것은 아카이 국장님이었다. 이렇게 비가 오니 평소처럼 정원을 가꾸지 못하는 건 어쩔 수 없지만, 무슨 영문인지 시대극에 나오는 무사시보 벤케이처럼 무장 코스프레를 하고 얼굴을 실룩거리고 있었다.

아오키 씨 말에 따르면 승병 복장이라고 한다. 하지만 어째서 그런 복장을 하고 있는지 모르겠다. 머리에 가사 두건이라고 하는 하얀 천을 두르고, 하얀 도복 하의 위에 승려들이 입는 법의라는 웃옷을 걸치고, 맨발에 나막신을 신고 있다.

게다가 아카이 국장님은 절대 장난으로 연기하는 게 아니라, 내가 처음 보는 진지한 표정을 짓고 있었다. 꽃으로 장식한 옷을 입은 축제 인형 같아서 재미있지만 도저히 그런 말을 할 분위기가 아니었다.

"아오키 씨. 무슨 일이 생긴 거예요? 태풍이 그렇게 심각한 문제인가요?"

"시끄러워. 이제부터 국장님 훈사가 있을 테니 잘 들어."

아오키 씨에게 매섭게 야단맞고 말았다.

그 훈사라는 게 또 영문을 알 수가 없었다.

"직원 여러분, 궂은 날씨에도 고생이 많습니다. 이번에 심각한 사태가 발생했으나 여러분, 침착하십시오. 각오를 굳혀…… 굳……히십시오."

아카이 국장님은 손에 든 창 자루로 바닥을 두드리더니 자기가 그 소리에 놀라 움찔거렸다.

"여차하면 도텐 우체국을 끝까지 지키다 죽을 생각으로, 여러분, 각오를 굳히고, 이별의 출정이 된다 해도 끝까지 싸움시다."

"설마 노동쟁의인가요?"

"그럴 리 없잖아."

평소 모습을 드러내지 않는 오니즈카 씨까지 와 있었다. 전에 담력시험 아저씨들을 간단히 퇴치한 전적으로도 알 수 있듯 오니즈카 씨는 도텐 우체국의 보안요원인 것 같았다. 그런 사람이 오늘 이 자리에 있다는 것도 평소와는 다른 우체국의 분위기에 한층 긴장감을 더했다.

게다가 오니즈카 씨는 굉장히 심기가 불편해 보였다. 술렁거리는 직원들에게 따가운 시선을 던지더니 성큼성큼 빗속으로 나가버렸다.

"사냥 다녀올게."

오니즈카 씨는 그런 말을 하고 떠났다.

"사냥이라니······. 이런 태풍 속에서 대체 뭘 사냥한다는 거예요?"

"오니즈카가 사냥하는 건 대개 곰이야."

"왜 곰을 잡아요?"

"멍청한 애네. 내가 어떻게 알아?"

아오키 씨는 평소보다 더 심술궂었다. 나는 점점 더 영문을 알 수가 없어 유일하게 말을 걸어도 될 듯한 도텐 씨

곁으로 달려갔다.

도텐 씨는 평소처럼 조용히, 사람들을 올려다보고 있었다. 그렇지만 모닥불 옆에 있을 때와 달리 웃음기가 하나도 없었다.

"저기요, 도텐 씨. 태풍이 그렇게 심각한 문제예요?"

"아니요, 심각한 건 태풍이 아닙니다. 신이 부활해 버렸어요."

신?

"이누야마산에 있던 신사에서 모시던 신 말이에요? 10년 전 도텐 우체국과 토지 분쟁이 있었다던."

"그 신, 이누야마히메가 부활해 버렸습니다. 신문은 봤나요?"

"시사에는 어두워서, 죄송해요."

취업 면접을 떠올리며 반사적으로 고개를 꾸벅 숙였다.

"그럼 이걸 보세요."

도텐 씨는 신문을 내밀었다. 텔레비전 방송 편성표 뒤 작은 기사에 시립박물관에서 전시하고 있던 운석이 도난당했다고 적혀 있었다.

"어젯밤 사건입니다."

"저……. 아직 잘 이해가 안 가는데요……."

도텐 씨의 작은 눈에 낙담한 기색이 서려 나도 슬퍼져서 고개를 꾸벅꾸벅 숙이며 사과했다.

"죄송해요, 죄송해요."

"도난당한 건 도텐 운석입니다. 이 도텐 운석이란 게……."

도텐 씨는 요란하게 웃어젖히며 들어온 손님들 때문에 말을 끝까지 잇지 못했다.

나하고 나이가 비슷해 보였다. 비에 젖었지만 세련된 옷을 입은 두 사람이 우편 카운터에 귀여운 동작으로 폴짝 뛰어올랐다. 자세히 보니 둘 다 손에 작은 소원 목판을 들고 있었다.

나는 황급히 자리로 돌아가 평소 우편 접수할 때와 같은 요령으로 그녀들에게서 목판을 받았다. 읽을 생각은 없었지만 커다란 글씨로 적은 소원이 눈에 들어왔다.

'꼭 멋진 애인이 생기게 해주세요☆'

'취직하고 싶어요! 잘 부탁드려요!'

연애와 직업. 젊은 사람들은 저마다 다양한 꿈이 있을 것 같지만 사실은 다들 비슷하구나. 그런 생각을 하고 있으려니 옆에서 아오키 씨가 빽 소리쳤다.

"멍청하긴, 당신들! 여긴 신사가 아니야!"

불같이 화를 내며 그렇게 말하더니 이마에 핏대를 잔뜩

세우고 주먹까지 휘두르며 위협하기 시작했다.

소원 목판을 가져온 손님들은 혼비백산해서 빗속으로 달아났다.

번개가 치달았다.

폭우가 몰아치는 유리문 너머에서 칼날 같은 빛이 땅을 쿵쿵 밟으며 웃는 두 사람을 비추었다.

"어?"

두 사람의 모습이 갑자기 사라진 것 같았다. 폭우 때문에 그렇게 보인 것뿐일까?

"이누야마히메는 도텐 우체국의 숙적입니다."

창구에서 벌어진 일을 지켜보고 있던 도텐 씨가 내 소매를 잡아끌어 자기 옆에 앉혔다.

"저희가 걱정하는 건 이누야마히메예요. 과거에 도텐 우체국이 이 땅에서 이누야마히메를 몰아냈으니까."

"하지만……."

아직 문제를 파악하지 못하고 있는 내 뒤에서 아오키 씨가 짜증스럽다는 듯이 끼어들었다.

"이누야마히메가 어제 부활했어. 다시 말해 갇혀 있던 이누야마히메가 우리를 없애려고 여기에 찾아올 거란 뜻이야!"

"그렇게 뜬금없는……."

"금은 있건 없건 아무래도 상관없어."

"하지만 원래 이누야마산은 도텐 씨 땅이잖아요? 권리증이라는 기청문도 무사히 찾았고요. 신사와 토지 분쟁이 있었다는 말은 들었지만, 서류를 찾았으니 법적으로는 문제없는 것 아닌가요?"

"그건 그렇지요. 하지만 이번 문제는 이누야마히메의 분노입니다."

도텐 씨가 떨리는 목소리로 말했다.

"여기에는 10년 전까지 이누야마히메의 신사가 있었어요."

이누야마산은 작지만 훌륭한 영산이었다. 유래도 알 수 없을 정도로 오래전부터 이누야마히메라는 여신을 받들어 모시고 있었다.

하지만 이 산은 황천과 현세의 통로에 해당하는 희소한 장소라는 것이 판명되어, 황천의 출장소를 세우게 되었다. 그것이 다름 아닌 도텐 우체국이다. 개설할 때 이누야마히메는 고려하지도 않고 신사를 단순한 폐건물로 보고 와르르 무너뜨려 버렸다.

"저도 경솔했어요. 이 우체국을 세우겠다고 타진이 들어

왔을 때, 쉽게 받아들였으니……."

도텐 씨가 유령 마리코 씨처럼 시무룩하게 말했다.

"그런 경우에 다른 데 신사를 세워서 신체를 옮기지 않나요?"

"그러려고 했는데……."

도텐 우체국 사람들은 악의는 없지만 배려도 없었다.

"이누야마히메는 어떻게 되었나요?"

공사가 시작되자 겨우 목숨을 부지한 신은 운석으로 모습을 바꾸어 하늘로 달아났다가 그대로 지상에 떨어졌다.

역시 신이라 그런지 엄청난 변신술이었다. 발견한 사람들은 누구도 그 정체를 알아보지 못했다. 운석은 "우리 마을에 운석 낙하!"라며 화제 속에 그대로 박물관에 전시되고 말았다.

"그럼 시립박물관의 그 도텐 운석이 그거란 말이에요?"

이제야 겨우 도텐 씨가 건네준 신문 기사의 의미를 이해했다. 동시에 시립박물관에서 들었던 운석의 저주 이야기를 떠올렸다.

"그랬군요……. 그 운석이 이누야마히메란 말이지……."

오래되었지만 견고한 시립박물관은 잠시 몸을 피한 이누야마히메를 (당연한 일이지만) 그냥 운석인 줄 알고 케이스에 넣어 전시했다.

이누야마히메는 탈출하려고 케이스도 부숴보고, 전기설비에 충격도 가해 보고, 물건도 날려 보는 등 세상에서 말하는 폴터가이스트 현상을 잔뜩 일으켰다. 박물관 나비넥타이 아저씨가 말했던 괴기현상은 그런 이유로 일어났던 것이다.

이누야마히메의 필사적인 저항은 역효과만 낳아서, 근처 신사의 신관이 불려 와서 부적으로 운석을 봉인해 버렸다.

이리하여 이누야마히메는 시립박물관의 천문 전시실에 감금당하고 말았다.

"사실 이누야마히메를 바로 구출해서 제대로 토지 문제를 의논했어야 했어요. 하지만 박물관이 봉인해 준 것을 핑계로……."

"여러분은 이누야마히메를 구해 주지 않고 뻔뻔하게 도텐 우체국을 10년 넘게 운영한 거군요. 으음. '내가 곧 정의'가 아니라 '내가 곧 불의'가 되겠군요."

"그 이누야마히메가 어젯밤 자유를 되찾은 겁니다."

도텐 씨가 신문 기사로 다시 시선을 떨어뜨렸다.

"도난당한 건 운석만인가요?"

박물관에는 그 밖에도 훨씬 값진 물건들이 많이 전시되어 있다. 커다란 수정이나 라피스 라줄리 원석이나, 유명한 토우나. 그쪽은 거들떠보지도 않고 운석 하나만 훔쳐 가다니 어지간히 특이한 도둑인 것 같았다.

"평범한 도둑은 아니겠지요. 아마도 이누야마히메와 직접 연관이 있을 겁니다."

"지나친 생각 아닐까요? 범인은 그냥 운석 마니아일지도 모르잖아요."

"그렇다 해도 결과는 달라지지 않아요. 자유를 되찾은 이누야마히메는 분명 복수하러……."

도텐 씨의 말은 끝까지 들리지 않았다. 다시 하늘이 번쩍이더니 엄청난 천둥소리가 모든 소리를 집어삼켰다.

그리고 얼마 지나지 않아 마치 동물이 숨을 거두는 순간처럼 아오키 씨 책상 옆에 있는 온라인 단말기 버튼의 불빛이 스윽 사라졌다. 사무실과 로비의 형광등이 불안하게 깜빡거리더니 결국 꺼져 버렸다.

정전이다.

창밖의 하늘은 노랗게 변했고, 하얀 무지개가 몇 줄기나 떠 있었다.

"오늘은 페르세우스자리 유성군을 볼 수 있었는데."

박물관 천문 전시실에서 보았던 포스터를 떠올렸다.

어느새 곰 사냥에서 돌아온 오니즈카 씨가 성큼성큼 다

가왔다.

"아즈사 씨. 오늘은 그만 돌아가. 혹시 모르니 호위해 줄게."

"호위라고요?"

오니즈카 씨가 하는 말은 엄청난 외모만큼이나 과장스러워서 그대로 받아들이는 건 무척 근질근질했지만 그런 말을 하고 웃으면 몹시 화를 낼 것 같았다.

"잠깐 기다려."

아오키 씨가 돌아갈 채비를 하려는 나를 불러 세웠다. 손안에 쥐어주듯 건네준 것은 언젠가 미호코 씨가 선물해 준 푸들 인형이었다.

"네가, 이 아이들을 지켜줘."

"……"

나는 당혹스러워서 아오키 씨를 쳐다보았다가 작은 목소리로 "예" 하고 중얼거렸다.

❁

오니즈카 씨는 아카이 국장님의 경트럭으로 나를 바래다주었다.

자그마한 경트럭과 미국 만화의 히어로를 닮은 오니즈카 씨라는 조합이 너무 어울리지 않아서 정말 만화 같았다. 짐칸에는 도텐 우체국에 처음 왔을 때와 마찬가지로 내 자전거가 실려 있다.

그게 처음이고, 이게 마지막.

그런 말이 문득 떠올라 속으로 당황했다.

"왜 그래?"

"오니즈카 씨는 혹시 도깨비인가요? 아카이 국장님이 적귀고 아오키 씨도 청귀인 것 아니에요?"

불길한 예감을 덮어버리고 싶어 그런 질문을 해보았다. 사실 오래전부터 물어보고 싶었다.

"말도 안 돼."

오니즈카 씨가 비웃었다.

"아오키는 까마귀였어. 아카이는 개양귀비."

"개양귀비? 그, 매일 꽃밭에서 돌보고 있는 개양귀비요?"

"아오키는 까마귀야."

오니즈카 씨가 되풀이했다.

'새끼 원숭이네.'

'새끼 원숭이가 아니라 인간이야. 조다 초등학교 2학년

1반, 아베 아즈사야.'

초등학교 2학년 때, 나는 이곳 이누야마산에 소풍을 왔다가 죽어가는 까마귀와 이야기를 나누었다. 전에 딱 한 번, 아오키 씨가 그때처럼 나를 '새끼 원숭이'라고 부른 것이 갑자기 생각났다.

"그랬구나……. 그랬구나."

"언젠가 또"라고 말하며 죽은 까마귀에게 심술궂은 아오키 씨를 대입하니 가슴속이 뜨거워졌다.

"그랬군요. 아오키 씨는 까마귀였어요?"

"그는 옛날에 이누야마히메를 모셨어. 작은 실수를 저질러서 목숨을 잃었지. 이누야마히메의 역정을 산 거야."

아오키 씨가 이누야마히메를 유독 증오하는 것은 그 때문일 거라고 오니즈카 씨가 말했다.

"죽기 직전에 너를 만났다더군. 기억해? 너는 아직 어렸다던데."

나는 기억하고 있었다. 까마귀와 이야기를 나눈 것을 조금도 이상하게 여기지 않았듯이 아오키 씨가 그때 만난 까마귀라는 말도 자연스럽게 받아들일 수 있었다.

"아오키 씨는 처음부터 저를 기억하고 있었을까요?"

"당연하지."

"까마귀였을 때 있었던 일인데?"

"불편한 일이지. 전세의 기억이 없는 생물은 인간뿐이야. 하지만 너희에게는 필요한 퇴화였을지도 모르지."

오니즈카 씨의 목소리가 아주 조금 온화해졌다.

"기억하기 때문에 아오키는 너를 특별히 신경 썼던 거야."

아니, 그건 조금 아닌 것 같아요.

"어쨌거나 너는 더 이상 도텐 우체국에 관여하지 마라."

"그건 곤란한데요. 전 취업 재수생이란 말이에요. 달리 갈 곳이 없는데요."

"어리석군."

오니즈카 씨가 조금도 재미없다는 듯 웃었다.

"이 판국에 저만 따돌리다니, 싱겁게 왜 그래요?"

"진심으로 하는 말이냐?"

"아……. 설마 인신공양을 한다거나, 산 채로 간을 빼지는 않을 거죠?"

"당분간 그럴 예정은 없어."

오니즈카 씨가 진지한 얼굴로 대답해서 나는 냉큼 화제를 바꾸었다.

"이누야마히메는 왜 이제 와서 움직이기 시작한 걸까요?"

"얼마 전, 시립박물관에서 내부 공사를 했어. 그때 운석을 봉인했던 부적이 약간 벗겨졌던 모양이야. 그래서 적의 힘이 조금 부활한 것 같아. 그렇게 부활한 얼마 되지 않는 힘으로 수하로 삼을 인간을 조종했지. 조종당한 사람이 운석 도둑이 된 거야."

"그렇구나."

그러고 보니 운석 케이스의 부적이 떨어져 있었다.

겨우 이해가 가서 손뼉을 딱 치자 오니즈카 씨가 매서운 눈으로 나를 쳐다보았다.

"그 금 도장 말인데."

오니즈카 씨는 내가 발견한 금 도장 이야기를 꺼냈다. 신사 터에서 발견한 것은 '이누야마히메'라고 새겨진 훌륭한 도장이었다. 아직 한 달 정도밖에 지나지 않았는데 꽤 옛날 일처럼 느껴졌다.

"이누야마히메가 선전포고로 일부러 네가 금 도장을 발견하게 만든 걸지도 몰라."

"그때 아카이 국장님도 아오키 씨도 안색이 변했더랬죠."

엄청난 보물을 발견했다고 생각했는데 조금도 칭찬해 주지 않아 불만스러웠다.

"개양귀비와 까마귀니까."

겁쟁이들이야, 라고 오니즈카 씨가 감흥 없이 말했다.

"이누야마히메는 반드시 도텐 우체국을 노릴 거다. 너는 절대 이누야마산에 가까이 오지 마."

"국장님은 도텐 우체국을 끝까지 지키다 죽을 생각으로 임하라고 했는데……. 이누야마히메하고 꼭 싸워야 하나요? 대화로 풀어볼 수는 없는 거예요? 미안하다고 말하면 되잖아요."

핸들을 쥔 오니즈카 씨가 또 나를 힐끔 쳐다보았다. 번갯불이 비쳤는지 흰자가 금색으로 빛난 것처럼 보였다. 갑갑한 분위기가 불편해서 대모님에게 받은 목캔디를 입에 넣었다. 강렬한 박하 맛에 재채기가 연달아 났다.

"저기요, 오니즈카 씨. 싸우면 양쪽 다 다칠 뿐이에요."

"웃기는 소리."

"신을 상대로 대판 싸웠다가 지면 어쩌려고요?"

"질 것 같으냐?"

나의 지극히 인간적이고 상식적인 발언은 오니즈카 씨의 기분을 최악으로 상하게 한 것 같았다.

"도텐 우체국이 잘못한 거잖아요. 순순히 사과하는 게……."

"그 이상 벌 받을 소리를 하고 싶으면 한 번 죽었다 새로 태어나는 게 낫겠군."

"하지만 지면 어쩌려고요."

오니즈카 씨는 비가 세차게 흐르는 앞 유리를 노려보며 잠시 침묵했다가 입을 뗐다.

"지면 그 산에 이누야마 신사가 부활하고, 도텐 우체국은 사라진다."

"사라지는 거예요?"

그렇게 되물었을 때, 수수께끼의 온라인 단말기에서 불빛이 사라진 것처럼 내 안에 있는 빛 같은 무언가가 사라지는 것 같았다. 마치 죽은 것처럼, 사라졌다.

❖

공원 근처 편의점에서 지갑에 있는 돈으로 살 수 있는 만큼 맥주를 사 들고 돌아왔다.

"거스름돈 21엔입니다. 손님, 손님?"

거스름돈을 받는 것도 잊을 정도로 마음이 산만한데, 신경은 날카롭게 곤두서 있었다. 옆을 지나가는 고등학생들의 목소리가 위협처럼 들리거나 빨간 신호가 기분 나쁘게 불길해 보였다.

'빨리 맥주를 마시고 싶어.'

이대로 술에 취해 잠들면 오늘 하루가 나쁜 꿈으로 끝나 주지 않을까? 어제의 다음이 오늘이 아니라 내일이 된다면 이누야마히메에 관한 문제가 사라져 주지 않을까?

아직 술을 마시지도 않았는데 취한 사람 같은 생각을 하고 있으려니 휴대전화에서 〈마왕〉 노래가 들려왔다. 나는 불길한 예감에 사로잡혀 얼른 전화를 받았다.

'아즈사, 한가해?'

웃음 섞인 목소리가 귀를 때렸다. 에리 씨다.

맥없이 긴장이 풀려서 마루에 드러누웠다.

에리 씨의 바로 옆에서 어린 응석받이 목소리와 애니메이션 노래인지 활기찬 배경음악이 들려왔다.

'쇼타 생일 파티를 하고 있는데, 지금 올 수 있어? 둘이서만 하려니 왠지 쓸쓸해서.'

"한가해요. 갈게요. 꼭 갈게요."

나는 이야기가 끝나기도 전에 캔 맥주를 상자째 에코백에 담아 아파트에서 뛰쳐나갔다. 이대로 집에 혼자 있다가 경계를 알 수 없는 현실과 환상 사이에서 고민하느니 에리 씨와 쇼타를 상대로 떠들썩하게 노는 게 훨씬 낫다.

'지금 내게 필요한 건 내가 있을 자리야.'

내가 있을 자리가 현실인지 환상인지조차 알 수 없다.

도텐 우체국 사람들은 지금 누구도 나를 필요로 하지 않는다.

원령 마리코 씨조차 찾아오지 않는다.

그 사실을 견딜 수가 없었다. 혼자 있는 게 너무나 불안했다.

에리 씨 집까지는 두 정거장쯤 떨어져 있지만 가만히 버스를 기다리기가 싫어서 우산을 쓰고 걸었다. 빗줄기는 가늘어졌고 이번에는 빨간 신호에 한 번도 걸리지 않았다. 우산에 떨어지는 빗소리를 듣다 보니 점점 머리가 텅 비어갔다. 나는 그것에 안도했다.

"아즈사, 잘 왔어, 잘 왔어. 밥을 너무 많이 해서 말이야."

에리 씨가 뒷문 바로 옆 조리대 앞에 서서 활기차게 말했다.

만게쓰 식당 안쪽에 있는 거주 공간이 에리 씨와 쇼타의 집이다. 방 두 개에 거실 겸 주방. 좁고 낡았지만 생활감이 배어 있어 무척 편안하다.

"고모!"

뒷문 문턱을 넘자마자 쇼타가 품속에 달려들었다. 나는 휘청거리며 에리 씨에게 선물 대신 맥주를 내밀었다.

"아즈사. 따다 만 캔도 있는데. 혹시 마시다 온 거야?"

에리 씨가 웃었다.

"응. 그냥 좀."

나는 조금 쭈뼛거리며 웃고 있는 에리 씨의 얼굴을 살폈다. 어쨌거나 에리 씨가 도텐 우체국에 쳐들어온 게 어제였다. 도텐 우체국을 잊도록 아카이 국장님이 암시를 걸었다고는 하지만······.

"아즈사, 왠지 오랜만에 보네."

"오랜만······."

"백중 전에 옛날 살인사건 이야기를 나눈 뒤로 처음 아니야?"

에리 씨는 완벽하게 암시에 걸렸다.

마음이 놓이자 가슴속에 응어리져 있던 오늘 하루의 걱정거리도 단숨에 날아가는 것 같았다. 나는 쇼타와 놀아주면서 식탁에 앉아 이대로 요리책에 실어도 될 만큼 훌륭한 요리를 황홀하게 바라보았다.

"맛있겠다."

옛날처럼 둥그런 밥상에 정성스레 손수 지은 요리가 놓을 자리가 없을 정도로 가득 올라왔다. 분명 유치원생과 자그마한 에리 씨의 위장에는 다 들어가지 못할 만큼 많은 양이었다.

"밥집도 좋지만 옛날에는 본격적으로 요리 일을 하고 싶었어. 뭐, 흔히 말하는 꿈이랄까?"

에리 씨가 순무 포타주를 접시에 뜨면서 말했다.

쇼타가 기다리지 못하고 몸을 내밀어 로스트비프에 손을 뻗었다.

"내 꿈은 고래가 되는 거야."

"그거 독특한 꿈이네."

"고래는 크고 멋지니까."

"너는 사람이니까 고래가 되려면 꽤 힘들 거야."

"고모 꿈은 뭐야?"

쇼타가 내게 물었다. 맞은편에 앉은 에리 씨는 "누나라고 불러"라며 아들의 이마를 때리는 시늉을 했다.

"음…… 고모는 말이지……."

포타주가 맛있어서 멍한 머리로 고개를 끄덕거렸다. 에리 씨가 영양밥을 퍼서 건네주며 흥미진진한 표정으로 나를 쳐다보았다.

"꿈이 뭔지 생각하는 건 왠지 어렵네."

진지하게 이것저것 생각해 보았지만 결국 아무것도 떠오르지 않았다. 도텐 우체국에서 아카오 국장님에게 칭찬받는 내 모습이 머릿속을 퍼뜩 스쳐 지나갔다.

"다른 사람하고 싸우지 않고 사는 게 꿈일까."

"조금 더 그럴싸한 건 없어? 우주비행사가 되고 싶다거나."

고래가 되고 싶은 소년이 자기 꿈이 엉뚱한 줄은 모르고 그런 말을 했다.

"어머, 아즈사. 다른 사람하고 싸우지 않고 살고 싶다는 건 훌륭한 꿈이야. 고래가 되는 것만큼이나 이루기 어렵겠지만."

"솔직히 말해 딱히 꿈이 없어, 나."

그렇게 고백하고 얼른 영양밥을 입에 넣었다. 여름철 보양을 고려했는지 살짝 생강 맛이 났다. 맛있다고 하자 에리 씨가 기쁜 표정을 지었다.

"그러면 어때서? 꿈과 희망은 위험한 거니까."

"그래?"

"그야 꿈을 이루는 건 멋진 일이야. 하지만 꿈을 이루기 위해서는 다른 사람하고 싸워야 하는 순간도 분명 생길 거야. 꿈이라는 건 싸워서 쟁취해야 하는 거니까. 긁어 부스럼 만들 필요가 뭐 있니?"

"그런 걸까?"

에리 씨는 사람이 꿈을 갖는 것을 부정하는 걸까? 아니,

그렇지는 않겠지.

"고모, 이거 보고 싶지?"

진지한 이야기가 나오니 쇼타가 흥미를 잃은 것 같았다. 내게 보여주려고 준비했다는 작은 비즈 상자를 내밀었다.

평소 같으면 "먹든지 놀든지 하나만 해!" 하고 화를 내는 에리 씨도 생일이라 너그럽게 봐주는 것 같았다. "아아, 쇼타", "그건 안 예쁜데"라고 중얼거렸지만 쇼타는 개의치 않는 기색이었다.

"이게 뭐야?"

나도 웃었다.

유리구슬만큼 커다란 비즈였다. 유독 눈에 띄는 복숭아 디자인의 비즈는 그렇다 쳐도, 뼈 모양 개껌이나, 햄버거, 소프트아이스크림인지 똥인지 모를 똬리를 튼 물체, 장수풍뎅이인지 바퀴벌레인지 모를 곤충, 뱀, 배꼽 등 별별 모양이 다 있었다.

"우리 애, 바보라니까."

에리 씨가 질색이라는 듯이 말하자 "바보가 뭐야, 바보가" 하고 쇼타가 분통을 터뜨렸다.

"이거, 엄마한테 선물할 거야."

"쇼타, 엄마는 정말로 그거 받기 싫은데."

개원 기념일에 유치원생들이 직접 만든 액세서리를 보호자에게 보내는 게 쇼타가 다니는 유치원의 연례 이벤트라는 모양이다.

"졸업반 행사니까 반년 빠른 졸업 과제인 셈이야. 비즈는 아이들이 의견을 내서 이것저것 만들고. 여자애들은 꽃 모양을 모아서 귀여운 걸 만든다던데. 우리 애는 똥이니 바퀴벌레니……."

"엄마, 빨리 케이크 먹자!"

어머니의 비난이 그저 쑥스러움 때문이라고 생각하는 쇼타는 냉장고를 가리키며 생글생글 웃었다.

초콜릿으로 쓴 'Happy Birthday Shota!'라는 글자 옆에 여섯 개의 작은 양초가 꽂혀 있고 설탕 과자로 우주선과 고래가 장식되어 있었다.

"고모의 꿈이 이루어지게 해주세요."

쇼타는 그렇게 말하며 내 접시에 귀여운 우주선을 떠 주었다.

에리 씨는 케이크를 자르면서 "역시 수박까지는 못 먹겠어"라며 한 통을 통째로 사 온 큼직한 수박을 돌아보았다.

"내 배 속에는 수박이 들어갈 자리가 있습니다."

쇼타가 입가에 크림을 잔뜩 묻히고 말했다.

다 함께 괴수 영화를 보면서 나는 별생각 없이 박물관 운석 이야기를 했다.

"시립박물관에 도둑이 들어서 전시해 놓았던 운석을 훔쳐 갔대. 다른 건 무사한데 운석만 뽕."

"어머, 그게 무슨 일이래."

"운석을 훔쳐 가서 어쩌려는 걸까?"

"음. 모르겠네."

"있잖아. 운석은 떨어진 자리에서 가까운 우체국 이름을 붙인다는 거, 알고 있었어?"

나비넥타이 아저씨에게 들은 이야기를 들려주자 에리 씨가 감탄하며 귀를 기울였다.

쇼타는 우주괴수가 도시를 무자비하게 파괴하는 장면에서 요란하게 하품을 하더니 전원이 꺼지듯 잠들어 버렸다. 쭉 뻗고 있던 내 다리를 벤 작은 머리가 뒤척거렸다.

우리는 결국 손도 대지 않은 수박과 곤한 숨소리를 내며 잠든 쇼타를 번갈아 보고 살짝 웃었다.

"그럼 에리 씨. 나 그만 갈게."

벽장에서 이불을 꺼내는 에리 씨의 뒷모습을 향해 말했다.

"잠깐만, 잠깐만. 쇼타를 이불에 옮길 테니 잠깐 기다려.

오늘 밤은 그거잖아? 페르세우스자리 유성군을 볼 수 있는 날이잖아. 비도 갠 모양이고, 마침 딱 볼 수 있지 않을까?"

"어머, 에리 씨도 별에 관심 있어?"

"딱히 관심은 없지만. 우연히 포스터를 봤거든. 그래서 그런 것도 있구나 했지. 유성군을 매년 볼 수 있다니 뭔가 굉장하잖아?"

"응……."

시립박물관에서 본 유성군 관찰 모임 포스터를 떠올렸다.

그때, 내 시야 구석에 들어온 유성군 포스터는 다른 것으로 보였다. 사자 자수가 놓인 기모노를 입은 고풍스러운 소녀였다. 지금 생각해 보면 그것이 바로 부적이 떨어져 힘을 되찾고 있던 이누야마히메의 모습이었던 것이다.

'이누야마 드라이브인에서도 봤지. 게다가 우리 집 화장실에도 왔었고.'

내가 도텐 우체국의 기묘한 직원들과 함께 태평하게 지내는 동안에도 이누야마히메는 복수심을 불태우며 부활할 기회를 노리고 있었으리라.

지금쯤 이누야마산에서 심각한 싸움이 벌어지고 있을지도 모른다.

'이누야마히메, 용서해 주지 않으려나.'

가을이 오고 겨울이 와도 찬바람을 가르며 빨간 자전거를 모는 내 모습을 상상했다. 분명 수확을 마친 논은 휑할 테고, 나도 두꺼운 옷을 입고 코끝을 빨갛게 물들이며…….

'그때도 도텐 우체국은 무사할 수 있을까?'

벽에 걸린 애니메이션 캐릭터 달력을 팔락팔락 넘겨 보았다.

10월, 과수원 슈퍼 히어로.

11월, 단풍으로 물든 산을 올려다보는 슈퍼 히어로.

12월, 산타클로스를 돕는 슈퍼 히어로.

'……어?'

12월 17일 밑에 에리 씨의 동글동글한 글씨로 '쇼타 생일'이라고 적혀 있었다.

나는 밥상 위에 놓인 먹다 남은 생일 케이크를 보았다.

Happy Birthday Shota!

심장이 벌렁벌렁 요동치기 시작했다.

갑자기 취기가 도는 머리를 흔들고 다시 달력과 눈앞의 생일 케이크를 번갈아 보았다.

이건 진짜 생일 파티가 아니다.

'별에 관심이 없는 에리 씨가 어디서 유성군 관찰 모임 포스터를 보았을까?'

그것은 내가 처음 이누야마히메의 환영을 보았던 바로 그 장소가 아닐까? 도텐 운석을 도난당한, 시립박물관의 천문 전시실이 아닐까?

'잠깐만. 그것 말고도 생각해야 할 문제가 있어…….'

에리 씨는 어제 어떻게 도텐 우체국을 찾아올 수 있었을까?

에리 씨에게 힘을 빌려줘서 도텐 우체국으로 보낸 존재가 있는 게 아닐까? 그 후에 시립박물관 운석을…… 이누야마히메를, 자기 자신을 훔치게 만들었다.

"눈치챘어?"

옆 침실에서 쇼타의 이부자리를 깔고 있던 에리 씨가 돌아왔다.

에리 씨는 웃고 있었지만 그 얼굴은 내가 모르는 사람이었다.

아니, 알고 있다.

나는 벌써 이 사람을 세 번이나 보았다.

'……사람?'

사람이 아니다.

사자 자수가 들어간 두꺼운 고대 의상을 입고, 마치 가면처럼 새하얗고 자그마한 얼굴을 한 소녀.

"혹시…… 이누야마히메 씨?"

내 목소리는 스스로 생각해도 한심할 정도로 나약하게 울렸다.

하지만 내 불안한 목소리를 신호로 눈에 비치는 모든 풍경이 바뀌었다.

형광등의 창백한 불빛이 무수한 붉은 촛불로 변하면서 완전히 달라진 풍경이 눈에 들어왔다.

양초 연기가 자욱이 낀 그곳은 방 두 개짜리 목조 가옥이 아니라 거친 암벽 구덩이로 바뀌어 있었다. 앞쪽에는 새까만 어둠이 입을 벌리고 있어 마치 동굴처럼 보였다.

어째서 동굴이 있는지, 그런 생각을 할 여유는 없었다.

일렁거리는 촛불이 천장에 잔뜩 매달린 진흙 호리병 같은 물체를 비추고 있었다.

작은 진흙 호리병에는 전부 사람 얼굴이 붙어 있었다.

저마다 희로애락이 감도는 눈을 데굴거리며 속삭이듯 작은 목소리로 웃거나 한탄하고 있었다. 어떻게 된 건지 그 목소리가 하나의 소리로 들렸다.

'보아라, 아이야. 원통하구나, 초라한 내 임시 거처다.'

천장에 매달린 호리병들은 이누야마히메의 스피커 역할을 하는 것 같았다.

하지만 어째서…… 그런 생각을 할 여유도 역시 없었다.

"저…… 여기는 만게쓰 식당의 에리 씨 집이 아닌가요?"

진흙 호리병들도 이누야마히메도, 내 질문이 우스웠는지 서로 얼굴을 마주 보며 키득키득 웃기 시작했다. 옆에서 자고 있던 쇼타는 비슷한 크기의 테디베어로 변해 있었다.

'이건…… 아베 아즈사, 최대 위기.'

달아나자.

그렇게 일어나려던 찰나, 이누야마히메는 가늘고 마른 손을 뻗어 내 에코백을 빼앗았다. 익숙한 동작으로 휴대전화를 조작해 나를 쳐다보며 보란 듯이 미소 지었다.

"여보세요."

진흙 호리병들이 노래했다.

'긁어 부스럼 만들 필요가 뭐 있니?'

에리 씨가 아까 했던 말이 귓가에 되살아났다.

시립박물관을 종종 찾아갔지만 전시실 구석에 있던 도텐 운석의 존재는 언제나 눈에 들어오지 않았다. 하지만 도텐 운석은 훨씬 전부터 내게 눈독 들이고 있었을지 모른다.

'신의 뜻?'

내가 도텐 우체국에서 근무하게 된 것도, 이누야마히메 덕분이었던 것 아닐까? 즉 사실은 처음부터 전부, 이 신이 계획한 일 아닐까? 문득 그런 생각이 들었다.

그렇다면 아카이 국장님과 다른 사람들도 계속 이누야마히메에게 조종당한 것이다.

사직서를 내려 했을 때 팩스기가 고장 난 것도, 우체통이 철거된 것도, 도텐 우체국 사람들은 모르는 눈치였다. 나는 그 말을 믿지 않았지만 이제야 겨우 그들이 거짓말한 게 아니라는 생각이 들었다.

'내가 목간을 찾아주길 바랐던 건 분명 이누야마히메도 마찬가지였을 거야.'

그렇기 때문에 박물관에서도, 이누야마 드라이브인에서도 이누야마히메는 내 주변을 맴돌았던 것이다.

'애초에 그렇게 주변에서 맴도니까 마리코 씨하고 이누야마히메를 같은 사람으로 착각한 거고. 그래서 이누야마히메의 존재를 알아차리는 게 늦었어.'

마리코 씨는 분명 나를 의지했다. 하지만 마찬가지로 이누야마히메도 내게 희망을 걸었던 게 아닐까?

에리 씨는 나와 가까운 사람이라는 이유만으로 우연히 휘말렸을 뿐이다. 나야말로 이누야마히메가 처음부터 중요한 역할을 맡긴 장기 말이었던 것이다.

첫 번째는 이누야마산의 권리증, 목간을 찾는 역할.

두 번째는…….

이누야마히메는 우아한 동작으로 내 휴대전화를 귀에 댔다.

"도텐 우체국은 들어라. 너희의 소중한 아이는 내 수중에 있다. 당장 기청문을 받으러 그쪽으로 가마. 내 물건을 얌전히 돌려준다면 이 아이를 건드리지 않겠다. 특별히 온정을 베풀어 오늘까지 저지른 무례한 처사도 용서해 주마."

호리병 스피커들의 입에서 나오는 이누야마히메의 목소리는 파이프오르간 소리 같기도 하고, 아름다운 조화를 이룬 혼성 합창 같기도 했다. 목소리의 여운은 길게 꼬리를 물다가 이윽고 귀로 들을 수 있는 영역을 초월한 나직하고 두터운 굉음이 되었다.

촛불들만 일렁거리는 어둠 속에서 대낮보다 밝은 빛이 한순간 주위를 가득 채웠다가 곧이어 모든 빛이 사라졌다.

'역시 그런 거구나.'

내게 주어진 두 번째 역할은 도텐 우체국 직원이 되는 일이었다. 아카이 국장님의 칭찬을 받거나 아오키 씨에게 구박을 받으면서도 아르바이트생인 내가 도텐 우체국에 적응하기를 이누야마히메는 가만히 기다렸던 것이다.

이누야마히메는 도텐 우체국 사람들이 동료로 인정할

때를 기다렸다가 아베 아즈사를 빼앗았다. 거래를 위한 인질로.

"그건 조금 반칙 같은데요!"

나는 신에게 화난 목소리로 항의했다.

"닥쳐!"

동굴의 붉은 불이 전부 사라짐과 동시에 시내 전역에서 원인 불명의 정전 사고가 발생했다고 한다.

❀

다시 돌아온 빛이 하늘에서 비처럼 쏟아졌다.

그곳은 도텐 우체국 뒤쪽에 펼쳐진 무한한 꽃밭이었다.

나와 이누야마히메는 어느 틈에 예전에 아유무가 숨어 있던 정원의 정자에 와 있었다.

이누야마히메가 몹시 다정하게 내 손을 잡았지만 그 때문에 나는 꼼짝도 할 수 없었다.

이누야마히메의 가녀린 노랫소리가 들려왔다. 고풍스럽고 애절한 노래였지만 이누야마히메의 흥분이 붙잡힌 손을 타고 느껴졌다.

하늘에서 쏟아지는 빛은 예고되어 있던 유성군일까? 하

얀 바늘 같은 혜성 몇 개가 어지러운 궤도를 그리며 밤하늘을 달려갔다.

아카이 국장님이 키운 여름 화초들도 어지러이 흔들리고 있었다. 난기류가 어두운 꽃밭을 휘젓고 있는 것이다. 꽃들이 인광을 뿜어내는 것처럼 보였다.

하늘을 달리는 하얀 빛과, 땅을 뒤흔드는 극채색 꽃들의 인광이 그 꽃과 별보다도 아름다운 이누야마히메를 비추었다.

같은 빛이 보랏빛 꽃이 에워싼 오솔길을 걸어오는 네 사람의 그림자를 비추었다.

한 줄로 나란히 서서 서핑보드처럼 생긴 목간을 운반하고 있었다.

맨 앞에 선 오니즈카 씨는 방금 전까지 쇼타와 함께 보았던 슈퍼 히어로처럼 화려한 의상을 입고 한 손으로 파이팅 포즈를 취하고 있었다.

'정말 이상한 사람이야.'

두 번째에 선 아카이 국장님은 전에도 보았던 무사시보 벤케이 같은 차림에 창을 들고 슬픈 표정을 짓고 있다. 기분 탓인지 엉거주춤한 자세로 앞장선 오니즈카 씨를 힐끔힐끔 쳐다보며 계속 무슨 말을 하고 있었다. 들릴 리 없는 거리인데도 내 귓가에서 말하는 것처럼 무슨 말인지 똑똑히 들렸다.

"들어봐, 오니즈카. 인질을 잡고 있다고. 지금은 인질 구출을 최우선으로 하고, 저쪽 요구에도 귀를 기울여야 하지 않을까……."

두 사람 뒤에서 마치 바닷속 표류자처럼 목간에 매달려 있는 것은 도텐 씨와 아오키 씨였다. 모퉁이까지 와서 새파란 델피니움 꽃 무리가 하반신을 가리자 두 사람 다 정말 바닷속에 있는 것처럼 보였다. 아오키 씨는 목소리를 높여 아카이 국장님 의견에 찬성했고, 도텐 씨는 진짜 목각 인형이 된 것처럼 굳어 있었다.

오니즈카 씨는 그런 아군의 의견을 들은 체도 하지 않았다.

"싸우기 전에 패배를 인정할 수는 없어. 도텐 우체국이 저승과 이승의 접점이라는 건 당신들도 잘 알 테지. 저 아이도 취업 재수생이니 도텐 우체국을 필요로 하는 산 사람이라는 사실에는 변함이 없어. 만일의 경우에는 희생할 각오도 되어 있겠지. 실제로 본인도 그렇게 말했어."

'그런 적 없는데요.'

나는 당황했다. 이누야마히메는 아름다운 뺨을 불길하

게 실룩거리며 나를 굽어보았다.

"들었느냐, 아이야. 참으로 냉정한 대답이로구나. 가능하다면 온건하게 끝내려고 마음을 써주었건만."

이누야마히메가 길쭉한 눈을 천천히 돌려서 벤치 옆을 보았다. 그곳에는 조금 전까지 쇼타였던 테디베어가 팔다리를 아무렇게나 뻗은 채로 굴러다니고 있었다.

나는 황망하게 초점이 맞지 않는 시선으로 먼 곳을 바라보았다.

어둠에 묻힌 보랏빛 원피스가 반짝반짝 빛났다. 바람이 탄 냄새를 실어 왔다.

'아. 그 사람, 이런 곳까지 오다니.'

불에 그슬린 머리카락을 바람에 나부끼며 지옥극락문을 붙잡고 이쪽을 보고 있는 것은 마리코 씨였다.

'위험하니까…… 달아나란 말이야.'

손짓으로 전했지만 마리코 씨는 커다란 눈을 부릅뜨고 고개를 절레절레 저었다.

"이 몸이 나가신다!"

마리코 씨에게 정신이 팔린 사이 오니즈카 씨가 튀어나왔다.

정신줄을 놓은 아카이 국장님이 반쯤 울면서 고함을 지

르며 그 뒤를 따랐고, 국장님의 꽃밭에 핀 꽃들은 사납게 소용돌이치는 바람에 휩쓸려 더욱 빠르게 흔들렸다.

보고 있는 나까지 빙글빙글 어지러워서 아카이 국장님과 오니즈카 씨가 갑자기 멈춰 선 것처럼 보였다. 그때, 어쩌면 시간 자체가 잠깐 멈췄는지도 모른다.

옆에서 굴러다니던 테디베어가 발딱 일어섰다.

내 시각에 이상이 생긴 건지, 아니면 이누야마산 꼭대기에 사람들이 모르는 규칙이 생긴 건지. 쇼타만 했던 테디베어는 쇼타가 좋아하는 괴수 영화의 괴수만큼 거대해졌다.

테디베어가 깜찍한 동작으로 걸어가더니 정말 깜찍한 두 손으로 아카이 국장님을 들어 올려 와락 삼켰다.

!!!!

이누야마히메를 제외한 모든 사람들이 비명을 질렀지만 할 수 있는 일은 아무것도 없었다.

테디베어가 아카이 국장님을 씹어 먹는 축축한 소리만이 한층 크게 울려 퍼졌다.

테디베어가 마찬가지로 오니즈카 씨를 먹어버렸을 때, 나는 비명조차 지르지 못했다.

깜찍한 입에서 누구 것인지 모를 팔이 툭 떨어졌다.

곰 인형은 그때 처음 몹시 한심한 동작으로 떨어뜨린 팔을 주워서 입속에 넣었다.

바람이 끼이잉 소리를 냈다.

그것은 눈에 보이지 않는 낫이 되어 주변을 쓸었다.

낫은 꽃밭의 꽃을 한 송이도 남기지 않고 베었고, 그렇게 아오키 씨의 몸을 반 토막 냈다.

도텐 씨의 모습은 이미 사라지고 없었다.

!

목소리가 나오지 않았지만 나는 비명을 질렀다.

꽃들은 거대한 빛의 원기둥이 되어서 하늘로 올라갔다.

하늘을 달리는 유성이 비로 변해 땅을 적셨다.

"이쪽이야, 이쪽."

누군가가 손을 세게 붙잡아 당겼다.

그때까지 나를 붙잡고 있던 이누야마히메가 아니었다. 더 마르고 얼음처럼 차가운 손이다. 그것을 깨달았을 때는 이미 정신없이 달리고 있었다.

달리다가 그루터기에 걸려서 휘청거렸다.

손을 잡고 함께 달리던 상대의 뒤통수에 얼굴을 처박았다.

탄내가 나는 머리카락이 코를 간지럽혔지만 재채기는 나오지 않고 부딪친 발끝이 아파서 눈물이 났다.

가녀린 등과 툭 튀어나온 등뼈가 가슴과 배에 닿았다.

"괜찮아……. 일단 살아봐야지."

분명 '살고 봐야지'라고 말하고 싶었으리라. 자기는 죽었으면서…….

'여기는.'

오래전에 본 적 있는 오래된 신사 옆을 지났다. 마리코 씨에게 손을 붙들려 어두운 밤의 비탈길을 내려가며 눈물을 흘렸다.

지금은 꽃도 유성도 없다.

조금 어두워진 달빛이 하계를 비추고 있었다.

"괜찮아, 괜찮아. 일단 살아봐야지."

마리코 씨는 아기를 어르듯 몇 번이고 그렇게 되풀이했다.

7
아직 멀었어

"아버지, 아버지, 마왕이 저를 붙잡아요!"

전화와 알람 시계가 맹렬하게 울렸다.

인생 최악의 아침을 맞이한 나는 치우지 않은 맥주 캔을 쓰러뜨리며 바닥을 기어 커튼 끝자락을 붙잡고 힘껏 걷어냈다.

높이 뜬 아침 해가 눈꺼풀을 열어주었다. 나는 5백 밀리리터 캔 여섯 개가 굴러다니는 내 방을 둘러보았다.

이 맥주는 에리 씨네 파티에 가져갔던 것인데.

에리 씨 집에서 쇼타의 생일상을 얻어먹고 생일 케이크

를 먹고, 에리 씨는 이누야마히메가 되었고, 쇼타는 테디베어로 변해서 도텐 우체국 사람들을 잡아먹었다.

"마왕이 저를 아프게 해요!"

"시끄러워!"

한 손으로 알람 시계를 바닥에 퍽퍽 내리치면서 다른 손으로 휴대전화 통화 버튼을 눌러 〈마왕〉을 껐다.

'얘가, 아즈사, 아르바이트생이 무단결근하다니 배짱 한번 두둑하네. 냉큼 가게로 와!'

날카로운 목소리가 숙취로 지끈거리는 머리에 박혔다.

"에리 씨?"

나는 기겁을 하며 전화 상대를 불렀다.

"아르바이트라니, 무슨 말이야?"

'무슨 소리야. 너 7월부터 계속 우리 식당에서 아르바이트했잖아.'

"내가 만게쓰 식당에서 아르바이트를 했어?"

'잠깐, 어디 아파? 잠꼬대하니?'

나는 폐에 찬 숨을 천천히 내쉬고 다시 한 번 크게 들이마셨다.

정말이지, 이누야마히메의 용의주도한 배려가 고마워 죽겠다. 그 신은 도텐 우체국에서 지낸 나의 시간을 리셋했을

뿐만 아니라 다른 일상까지 준비해 주었나.

'안 속아.'

나는 차갑게 식은 손끝을 잠옷 두릎에 벅벅 문질렀다.

"에리 씨, 이누야마히메는 이제 몸속에 없어? 쇼타도 이것저것 많이 먹었는데 괜찮아?"

아니나 다를까 침묵의 물음표가 산더미처럼 돌아왔다.

"으음, 저기. 에리 씨는 어제 이누야마히메로 변했잖아? 쇼타가 아카이 국장님하고 오니즈카 씨를 먹었잖아. 게다가 산 채로. 뼈까지, 아니 옷까지."

'잠깐, 잠깐. 아즈사. 무슨 일이야? 어디 아파서 못 일어났던 거야? 병원에 혼자서 못 가겠으면 같이 가줄까?'

전화 너머에서 에리 씨가 걱정하기 시작했다.

'전부 잊어버려.'

걱정하는 에리 씨 목소리 뒤에서 이누야마히메가 그렇게 말하는 것만 같았다.

❋

결국 나는 감기로 쉬겠다고 거짓말을 했다.

야트막한 산으로 향하는 익숙한 출근길을 빨간 자전거

로 달렸다. 논 한가운데를 지나는 외길은 이미 출근 러시아워를 지나 한적했다.

폭우가 내렸던 어제와는 딴판으로 하늘이 파랬다. 이미 높이 오른 태양에서 내리쬐는 열기를 온몸으로 느꼈다. 하지만 그 열기도 한여름의 기세는 아니었다. 가을이 다가오고 있는 것이다. 느긋하게 고개를 흔드는 노란 코스모스가 괜히 서글펐다.

갈림길에서 오른쪽으로 꺾으니 얼마 가지 않아 낯선 돌계단이 나타났다.

산기슭 수풀에 자전거를 세웠다.

공기가 변한 것 같았다. 공기처럼 경치에 녹아들어 있던 성급한 가을벌레들이 내 기척을 감지하고 울음을 그쳤다.

굉장히 낡고 가운데가 닳아버린 돌계단을 성큼성큼 올랐다. 커다란 왕잠자리가 눈앞을 가로질렀다. 다양한 식물들이 얽힌 초록빛 장막은 아직 여름의 향기를 뿜어내고 있었다. 어제 비가 내리지 않았다는 듯 돌계단은 바짝 말라 있었다.

꼭대기에는 도텐 우체국도, 무한히 펼쳐진 꽃밭도 없었다.

아담한 공터에 붉은 칠이 벗겨진 도리이(*신사 입구에 세워 신역을 나타내는 붉은 기둥 문)가 있고, 짧은 참배길 안쪽에 사당이 있었다.

이누야마 신사.

오래된 나무 현판에 겨우 알아볼 수 있는 글자로 그렇게 적혀 있었다.

나는 이 풍경을 어렴풋이 기억하고 있었다. 이누야마 신사는 아무 변함없이 옛날부터 이 자리에 있었다는 듯이 시치미를 떼고 있다.

양쪽으로 가지를 뻗은 고목은 이것이 결코 하룻밤 사이에 만들어진 풍경이 아니라는 것을 달해 주고 있었다.

도텐 우체국은 처음부터 이곳에 없었던 것처럼 지워졌다.

앞으로 시립박물관 천문 전시실에 도텐 운석이 돌아갈 일은 없고, 운석 도둑이 체포될 일도 절대 없을 것이다. 누군가가 오래된 신문 기사나 자료 어딘가에서 그런 증거를 발견하면, 그때는 이누야마히메가 몰래 나타나서 또 리셋할 테니까.

'에리 씨의 기억처럼. 이 풍경처럼.'

차가운 바람이 불어와 얼굴을 스쳤다.

신전 안쪽의 좁은 공간은 몹시 어두웠다. 그곳에서 사람도, 식물의 움직임도 아니지만 분명 존재하는 무언가의 기척을 느끼고 걸음을 멈추었다.

별안간 그 기척이 어깨에 들러붙었다.

"으악!"

펄쩍 뛰어올라 뒤를 돌아보니 코가 맞닿을 정도로 가까운 곳에 예쁘지만 시반이 떠 있는 얼굴이 있었다.

"마리코 씨! 와아, 마리코 씨! 무사했어요?"

저도 모르게 탄내 나는 어깨를 끌어안자 마리코 씨는 "죽었지만, 무사해……"라고 힘없는 목소리로 농담 같은 말을 했다.

나는 마리코 씨의 가슴에 얼굴을 묻고 엉엉 울었다. 불에 그슬린 옷이 눈물에 젖어 바스러지는데도 마리코 씨는 관대하게 내 머리를 쓰다듬어 주었다.

이대로 한동안 울고 싶었지만 그럴 수는 없었다. 마리코 씨의 목 언저리가 이상하게 오르락내리락했다.

"뭐야? 왜 그래요?"

눈앞에 있는 마리코 씨 얼굴에서 검푸른 시반이 점점 짙어지더니 부릅뜬 동공에서 초점이 사라졌다. 갑자기 구토 직전의 아이처럼 세로로 쩍 벌린 입에서 갈라진 신음이 터져 나왔다.

무슨 일이 벌어진 거지? 그렇게 생각하는데 마리코 씨의 검은 목구멍에서 독살스러운 색깔의 염주가 튀어나왔다.

'전에 봤던 그 끈적거리는 염주.'

시마오카 마리코 살인사건의 증거품이다.

마리코 씨는 불쾌한 점액이 뚝뚝 떨어지는 그것을 내게 내밀었다.

"이거, 줄게……."

뒷걸음질을 치다가 신사 계단에 엉덩방아를 찧으면서도 나는 고개를 도리도리 저었다.

"필요 없어. 정말 필요 없어."

"저기…… 들어줄래?"

마리코 씨가 나와 시선을 맞추려고 일부러 몸을 숙였다.

"나, 여자 친구는 너뿐이야. 살아 있을 때는 동성 친구가 한 명도 없었어. 지금처럼 진심으로 울며 내게 의지해 주는 사람을 항상 원했어. 그런 친구를 가지는 게 꿈이었어……."

"꿈인가요……."

꿈이란 다른 사람과 싸워서라도 결연히 쟁취하는 거라고 에리 씨가 그랬다. 어젯밤 일이니 에리 씨에게 쓰인 이누야마히메가 한 말일지도 모르지만.

그에 비해 마리코 씨의 꿈은 너무나 소박했다.

'이 사람, 어쩌면…….'

나는 지금까지 마리코 씨를 크게 오해하고 있었을지 모

른다.

마리코 씨는 정말 성불은 뒷전이고, 단순히 나와 친구가 되고 싶었던 것 아닐까? 마치 퀴즈라도 내듯 옛날 노래를 내 머릿속에 주입한 것도, 즐겨 마셨던 캔 주스를 권한 것도, 범인 찾기 힌트가 아니었던 것이다. 그저 내게 베푼 친절이었을지도 모른다.

망연자실한 내 앞에서 마리코 씨가 쑥스러워하며 말했다.

"친구가 되어준 보답으로 뭐라도 주고 싶은데, 살던 곳도 불에 타버려서, 달리 가진 게 없어. ……정말 그렇게 싫다면 억지로 받아달라고는 못 하겠지만……."

"아, 아니, 받을게요. 받고말고요. 정말 고마워요."

나는 손수건을 두 겹으로 접어 그 점액 범벅 염주를 공손히 받아 들었다.

"기왕 온 거 참배라도 하고 갈래?"

마리코 씨가 유난히 후련한 얼굴로 말했다.

감격하면서도 축축한 염주를 어디에 넣어야 할지 몰라 허둥거리던 나는 마리코 씨의 말에 화가 나서 고개를 들었다.

"마리코 씨는 속도 없어요? 이 녀석은 적이잖아. 도텐 우체국을 무너뜨렸다고요. 아카이 국장님하고 다른 사람들을 죽여버렸단 말이야."

"신을 이 녀석이라고 하면 벌 받아……."

마리코 씨는 새전함 앞에 서더니 가녀리고 창백한 손바닥을 내밀었다.

나는 혀를 차고 싶은 심정으로 동전지갑에서 2백 엔을 꺼내 하나를 건넸다.

"저를 죽인 범인이 밝혀지게 해주세요……."

"도텐 우체국이 원래대로 돌아오게 해주세요."

공손히 두 손을 모으며 각자 소원을 빌었다.

그 기도가 이누야마히메의 분노를 산 걸까. 나는 돌아가는 길에 아무것도 없는 돌계단에서 발이 걸려 넘어졌다.

산기슭까지 내려가니 돌계단 옆에 하얀 자동차가 서 있었다.

"누가 왔나……."

닫힌 문 앞에 초등학생으로 보이는 소년과 함께, 한 여자가 서 있었다. 여자 쪽은 처음 보지만, 아이의 얼굴을 보고 나는 "와아!" 하고 소리쳤다.

"여기 위에 우체국이 있다는 말을 들었는데요."

초등학교 1학년쯤 되어 보이는 소년은 내성적인 목소리로 그렇게 말했다. 내가 아는 활기찬 그 아이와는 달리 얌전한 태도였지만 얼굴은 쌍둥이처럼 똑같았다.

"동생한테 산에 우체국이 있다고 들었는데."

"너, 혹시 아유무 형이니? 형이지?"

내가 성급히 묻자 어머니로 보이는 사람이 당황하면서도 놀란 표정을 지었다.

"괘, 괜찮아요, 괜찮아요."

나는 어떻게 설명해야 할지 몰라 어머니를 향해 괜찮다는 말을 되풀이하고 형 앞에 웅크리고 앉았다. 상대에게 보이지 않는다는 걸 알면서도 마리코 씨도 똑같이 옆에서 몸을 수그렸다.

"아유무는 형이 잠옷을 줬다고 아주 기뻐했어. 형을 제일 좋아했거든. 봐……."

주머니를 뒤져서 휴대전화를 꺼냈다. 심령사진이 되니까 찍으면 안 된다고 했지만 나는 아유무와 다마에 대모님의 기념사진을 몰래 찍었던 것이다.

하지만 "봐" 하고 보여준 화면에는 테디베어를 품에 안고 이상하게 웃고 있는 내 얼굴이 확대 표시되어 있었다. 다른 사진들도 확인해 보았지만 아카이 국장님이 찍지 말라고 했던 그 기념사진만 어디에도 없었다.

"괜찮아요. 괜찮아요."

차분하게 지켜보던 어머니가 사진을 찾는 나를 말렸다.

어지간히 의심스럽겠지. 쭈뼛쭈뼛 쳐다보니 아유무 어머니는 웃고 있으면서도 눈물을 글썽거렸다.

"얘가 꿈속에서 동생을 봤다고 해서."

"……네. 다행이네요."

"아유무가 신세를 졌군요. 정말 아유무가 신세를 졌군요."

"……네."

나는 바보처럼 "네"라는 말밖에 하지 못했다. 이 위에는 정말 훌륭한 정원이 있었어요. 신비한 우체국도 있었어요. 아유무는 정말 기운이 넘쳐서 아오키 씨 간식도 훔쳐 가고, 도텐 씨 세발솥도 숨겨서, 저희가 얼마나 고생했는데요. 대모님이 멋진 옷을 사주었는데 결국 형이 준 잠옷을 입고 저세상으로 가버렸어요……. 말은 머릿속에서만 넘쳐나고 하나도 입 밖으로 나오지 않았다.

"도……도텐 우체국은 이제 없어요, 죄송해요."

나는 두 사람이 말릴 때까지 계속 고개를 숙이고 있었다.

❦

아파트로 돌아오니 점심때가 조금 지났다.

자전거 뒤에 타고 있던 마리코 씨는 아파트 근처에 오자 어느새 사라지고 없었다. 마음은 초조했지만 아무것도 하기 싫어서 책상 앞에 멍하니 앉아 있었다.

냉장고에 있던 유통기한이 지난 푸딩과 달걀찜을 가져와서 맛도 보지 않고 둘 다 먹어 치웠다. 달걀찜에서 푸딩 맛이 나는 것도 이누야마히메의 저주일까?

마리코 씨의 축축한 염주를 보면서 음식을 먹는 건 내가 생각해도 영 좋은 취향이 아니었다. 하지만 그때는 더 이상 더럽다거나 오싹하다는 생각도 들지 않았다.

조금 재미있었던 것은 질척한 염주의 끈적끈적한 액체도 역시 유령의 일부인지, 물로 씻어도 금방 원래대로 돌아온다는 점이었다. 이것도 마리코 씨가 품은 원한의 한 조각일 테니 재미있다고 하면 안 되겠지만.

"?"

푸딩 맛 달걀찜의 마지막 한 입을 삼켰을 때, 눈꺼풀이 멋대로 깜빡거리기 시작했다.

"어라라?"

그 깜빡임에 채근당하듯 가슴이 술렁거렸다.

먹은 게 잘못됐나 싶어 위장 부근을 손으로 짚어보았지만 딱히 구역질은 나지 않았다.

그러는 사이에도 심장은 계속 펄떡펄떡 뛰어서 속으로

상당히 당황했다. 그러면서도 질척한 염주에서 눈을 떼지 못했다.

저기에, 뭔가가 있다.

나는 푸딩과 달걀찜 용기를 집어 던졌다.

손에 묻는 것도 아랑곳없이 질척한 염주를 집어 들어 뚫어져라 쳐다보았다. 물건 찾기 달인의 피가 온몸에서 요동치는 것이 느껴졌다.

우정의 증거로 받았지만 참 거북한 선물이다. 하지만.

비슷한 상황에서 누군가가 같은 말을 하지 않았던가?

내 기억은 이누야마히메가 헝클어 놔서 엉망진창이다. 그 혼탁한 망각과 기억 사이에, 굉장히 중요한 뭔가가 덩그러니 존재하고 있다······. 분명하다.

여기에, 뭔가가 있다.

'쇼타, 엄마는 정말로 그거 받기 싫은데.'

"아아아!"

나는 비명을 지르며 무의식적으로 주머니 속 휴대전화로 손을 뻗었다.

'왜 그래? 감기는 괜찮아?'

전화한 곳은 만게쓰 식당이었다.

"저기, 에리 씨. 이상한, 이상한 질문 좀 하겠는데······."

흥분해서 몇 번이나 목이 메었다.

"쇼타가 다니는 유치원, 어디였지? 개원 기념일에 졸업반 아이들이 가족에게 선물한다는 액세서리, 거기에 유치원 마크가 있었지? 어떻게 생긴 마크였지?"

'모모오 유치원이야. 복숭아꽃 안에 복숭아 씨앗이 그려져 있어. 그런데 그게 왜?'

마리코 씨에게 받은 끈적끈적한 염주에 바로 그것과 똑같은 무늬가 하나, 떡하니 있었다. 원령이 된 그녀가 몇 년이나 자기 시체 속에 넣어서 보관했던 것은 모모오 유치원의 졸업 작품이었다.

'유치원생이 만들었다면 이 오싹한 디자인도 이해가 가.'

오싹한 게 아니라 서툰 것이었다.

나는 방금 전까지의 무기력함도 잊고 끈적거리는 염주를 주머니에 집어넣고 집을 나섰다.

모모오 유치원은 만게쓰 식당에서 적당히 가까운 인도 끝에 있었다.

문 앞에는 '개원 기념 축제'라고 적힌 손으로 만든 간판이 서 있었다.

부지를 에워싼 블록담에는 유니폼으로 보이는 하얀색 둥근 옷깃이 달린 파란 윗옷을 입은 남자아이와 여자아이 그림이 크게 그려져 있었다. 환하게 웃고 있는 아이들 그림 밑에 정성스레 가꾼 화단이 있고 샐비어와 몇 종류의 마리골드 꽃이 피어 있었다.

아카이 국장님 생각이 나서 시무룩해졌는데 예상치 못한 상대가 뒤에서 나를 불렀다.

"여! 에리 씨 친척 맞지?"

건강 차와 오렌지주스 상자를 가볍게 진 무라시타 씨가 평소처럼 상큼하게 웃고 있었다. 개원 기념 여름 축제에 납품하는 것 같았다.

"아베 아즈사예요."

"오늘은 아르바이트 안 해?"

무라시타 씨가 동물 모형과 놀이기구가 있는 넓은 앞마당을 점프라도 할 기세로 걸어갔다. 지금도 불량배 시절 버릇이 남아 있는지 휘적휘적 걸어가는 뒷모습을 멍하니 쫓아갔다. 앞질러서 문을 열어주었더니 무라시타 씨는 의외로 예의 바르게 고개를 숙였다.

"전부터 기운이 없네. 무슨 고민이라도 있어? 에리 씨도 걱정하던데."

"아니, 그냥."

"사람은 다른 사람들과 인연을 맺으며 살아가는 거야. 이렇게 장사를 하다 보면 늘 그런 생각을 하게 돼. 다들 서로 돕고 있다고."

무라시타 씨는 나처럼 어린 사람을 상대로 교훈을 늘어놓는 게 즐거워 보였다.

"그 인연으로 여기서도 장사를 할 수 있는 거군요."

"그런 셈이지. 모모오 유치원은 딸이 다녔던 인연으로 계속 우리 물건을 사주거든. 소위 말하는 단골이지. 만게쓰 식당에 다니는 나처럼."

무라시타 씨가 쾌활하게 웃었다.

"그래서 넌 유치원에 무슨 볼일이야? 설마 숨겨둔 자식이라도?"

무라시타 씨가 중년 아저씨 같은 농담을 했다. 그래 놓고 내 대답은 관심도 없다는 듯 성큼성큼 걸어가 버렸다.

술이나 음료를 나르는 직업이라 그런지 힘이 세다고 감탄하며 '사무실' 팻말이 걸려 있는 문을 두드렸다.

혼자 사무실을 지키고 있던 원장 선생님이 나왔다. 직원들은 곧 시작될 개원 기념 여름 축제 준비로 자리를 비웠다고 했다.

"신기한 걸 가지고 왔군요."

마리코 씨가 준 끈적거리는 염주를 보고 원장 선생님이 기뻐했다. 직접 차를 끓여주더니 긴장해서 소파에 푹 파묻힌 나를 살가운 눈빛으로 살펴보았다. 흰머리를 하나로 묶어 자그맣게 말아 올리고, 동그란 금테 안경을 코끝에 걸친 귀여운 노부인이었다.

"우리 원아가 학부모에게 선물한 게 확실해요. 어째서 이걸?"

방금 전까지 원령의 위장 속에 들어 있었던 끈적끈적한 염주를 들어 올리며 원장 선생님이 실눈을 떴다. 나는 끈적한 액체가 그 손에 묻을까 봐 안절부절못했지만 원장 선생님은 전혀 개의치 않는 기색이었다.

"끈적거려서 죄송해요."

내 말에 원장 선생님은 의아하다는 듯 눈을 껌뻑거렸다. 그러는 사이에도 태연한 얼굴로 손바닥 위에 염주를 올려놓았다. 원령의 일부인 끈적한 체액은 내 눈에만 보인다는 뜻일까?

'저게 끈적거리지 않다니 부럽기도 하지만 무서워…….'

정신을 차리고 허리를 폈다.

"우연히 그걸 손에 넣은 친구가 주인을 찾고 있었어요. 그 친구가 세상을 떠나서, 대신 제가 이렇게……."

거짓말은 아니다. 친구가 죽었다는 사실과 끈적거리는 염주의 원래 주인을 찾는다는 사실의 순서가 바뀌었을 뿐이다.

"모모오 유치원에서는 늘 이 시기면 개원 기념 축제를 열죠. 그때 원아들이 부모님께 이걸 드린답니다. 제게는 1년 중 가장 즐거운 시간이에요."

"비즈 디자인은 아이들이 직접 하나요?"

"모두 원하는 디자인으로 할 수는 없지만 함께 고민하죠. 원아들이 함께 모여 시끌벅적하게 그해의 디자인을 즐겁게 정한답니다."

그래서 올해는 똥하고 바퀴벌레냐는 말을 꾹 삼키고 생긋 웃으며 끈적거리는 염주와 원장 선생님 사이에 시선을 두었다.

"그나저나 옛날 생각이 나네요. 이건 1995년 디자인인데."

"1995년……."

심장이 목구멍까지 튀어나와 시끄럽게 울어댔다.

1995년은 마리코 씨 사건이 일어났던 해다.

"이 나이가 되면 옛날 일만큼은 잘 기억하거든요. 드문드문하게, 마치 사진처럼 선명하게 말이죠. 그런데 중요한 건 좀처럼 기억을 못 해요. 어느 아이와 어느 아이가 형제자매고, 누가 어느 아이의 어머니인지 실수해서 매번 선생님들에게 야단맞는답니다."

원장 선생님이 우아하게 소리 내어 웃었다.

"이건 기억하고 있어요, 1995년……. 항상 핑크색 복숭아꽃 비즈를 썼는데. 그해만 실수로 보라색을 썼거든요. 보라색 복숭아. 하지만 학부모들이 모두 웃으며 괜찮다고 했어요."

한 번 본 것은 사진처럼 처리해 기억하는 능력과 동시에 심각한 건망증을 자인하는 원장 선생님이었지만 놀랍게도 끈적거리는 염주를 누가 만들었는지 이름까지 알려주었다.

"이건 후카라는 아이가 만든 작품이에요."

찾았다!

나는 마음속으로 환성을 질렀다.

누가 만든 건지 이렇게 금방 찾아낼 수 있는데, 어째서 경찰은 바로 이곳을 찾아오지 않았을까?

그것은 유령 마리코 씨가 굉장히 중요한 증거품을 계속 삼키고 있었기 때문이었다.

하지만 이 증거품을 현장에 내버려 두었다면 범인이 집어 갔거나 불에 타 없어졌을 것이다.

"그해는 다 함께 팔찌를 만들었는데, 후카라는 아이만 사이즈를 착각해서 유독 크게 만들었죠."

원장 선생님은 낡은 졸업 앨범을 꺼내 바쁜 손짓으로 페이지를 넘겼다. 그러는 동안에도 그녀의 가슴에는 앨범보다 선명한 기억이 떠오르는 것 같았다.

'후카가 조금 실수했네. 선생님이 도와줄 테니 다시 만들어 볼까?'

그 말을 들은 소녀는 울컥 화를 냈다. 화제의 후카는 모모오 유치원 역사상 손꼽히는 드센 소녀였던 모양이다.

'난 실수하지 않았어. 처음부터 엄마가 아니라 아빠한테 주려고 만든 거야. 그래서 일부러 크게 만들었어.'

가슴을 펴고 말하는 태도가 어찌나 귀여웠는지 모른다고, 원장 선생님은 아이 흉내를 내는 건지 살짝 혀 짧은 말투로 말했다. 동그란 안경을 올렸다 내렸다 조정하며 모서리가 닳은 앨범을 뒤져서 드세 보이는 그 소녀를 손끝으로 가리켰다.

나는 사진 밖에 적혀 있는 이름들을 훑어보았다.

후카라는 이름은 마치 거기에 스포트라이트라도 비치는

것처럼 눈에 쏙 들어왔다.

"……그럼 원장 선생님. 주문하신 물건은 주방에 넣어뒀습니다."

그림을 붙여둔 미닫이문이 열리더니 무라시타 씨가 고개를 내밀었다.

"어머, 물건 가져오셨군요. 값은 얼마죠?"

"청구서는 늘 그렇듯 다음에 따로 가져오겠습니다."

무라시타 씨는 젊어 보이는 얼굴에 잔주름을 잡으며 살갑게 웃었다. 그러고는 눈을 깜빡거리며 나를 쳐다보았다.

"아즈사, 볼일 끝났으면 바래다주마."

무라시타 씨는 엄지손가락을 세워서 문밖을 가리켰다.

나는 끈적거리는 염주를 움켜쥐고 자리에서 일어섰다.

❇

무라시타 씨의 애마는 본인의 웃는 얼굴을 그려 넣은 승합차였다.

옛날에는 폭주 드라이버로 날렸는데 지금은 이렇게 생활감 넘치는 차를 탄다며 무라시타 씨는 자조 어린 목소리로 말하더니 안전벨트를 맸다. 지금은 사실상 가족해체 상태라 자가용을 겸한 승합차는 쓸쓸하게 영업용으로만 쓰고 있다고 했다.

자동차 방향제가 유난히 코를 찔러 재채기를 하면서 조수석에 앉았다.

"앗, 뜨거."

잠깐이었는데도 여름철 밖에서 주인을 기다린 자동차 내부는 엄청나게 뜨거웠다. 무라시타 씨는 계속 "미안, 미안" 하고 사과하며 에어컨을 세게 틀어서 열기를 내보냈다.

출발과 함께 자동차 창문이 다시 닫혔고, 나는 인도 저편에 서 있던 하얀 세단이 출발하는 모습을 바라보았다.

차 안이 점점 얼음장처럼 시원해지면서 이렇다 할 의미 없는 수다를 떨던 무라시타 씨도 어느새 입을 다물었다. 그 침묵이 스스로도 거북했는지 라디오 스위치를 켰다. 불필요할 정도로 훌륭한 음향으로 흘러나온 것은 나도 잘 아는 곡이었다.

카롤라Ⅱ를 타고
쇼핑을 갔더니
지갑이 없어서
그대로 드라이브

무라시타 씨가 옛날 생각이 난다고 말하려다가 도중에 갑자기 캑캑거렸다.

에어컨이 너무 세서 팔에 소름이 돋았지만 불평하지 않고 창밖을 바라보았다.

검은 승합차는 우리 아파트와는 완전히 엉뚱한 방향으로 달리고 있었다. 전후좌우로 논이 펼쳐진 외길. 도텐 우체국……. 아니, 지금은 이누야마 신사로 가는 그 외길이다.

하지만 나는 딱히 놀라지 않았고, 자동차를 되돌리라고 말할 생각도 없었다.

고개를 돌려 뒤를 보고 싶은 충동을 참는 사이, 승합차는 이누야마산 기슭의 갈림길을 북쪽으로 달렸다.

산사태로 폐쇄된 옛날 도로.

이 앞에는 이누야마 드라이브인 폐허밖에 없다.

'흥.'

나는 카고팬츠 주머니에서 끈적거리는 염주를 꺼냈다. 마리코 씨의 유일한 유품을 운전하는 무라시타 씨 코앞에 들이밀었다.

"이거, 친구한테 받았는데요. 옛날에 당신 딸이 모모오 유치원에 다녔을 때 당신한테 선물한 거죠?"

모모오 유치원에서도 모르는 사람이 없을 정도로 드센

'후카'의 성은 무라시타였다.

이 끈적거리는 염주 제작자는 지금은 나와 같은 연배로 성장한 무라시타 후카 씨였다.

"어디에서 손에 넣었는지, 안 물어보나요?"

"젊은 아가씨가 그렇게 치근치근 묻다니 못쓰겠네."

무라시타 씨가 차를 세웠다.

이제는 익숙해진 음침한 드라이브인의 폐허가 앞 유리 너머에 있었다.

'정말이지. 난 대체 뭘 하고 있는 걸까?'

이곳 이누야마 드라이브인에는 이제 아카이 국장님도 오니즈카 씨도 나오지 않는다. 구해 줄 사람은 아무도 없는데.

"내게 이걸 준 사람은 살해당했어요. 알아요? 알죠? 저번에 만게쓰 식당에서 말했던 시마오카 마리코 씨 얘기니까. 이건 마리코 씨가 입으로 뱉은 거예요. 꾸엑 하고. 그 사람, 유령이라 물건을 갖고 다닐 수 없거든요. 그래서 삼킬 수밖에 없었어요. 글자 그대로 몸에서 떼어놓지 않고, 자기를 죽인 상대의 소지품을 보관하고 있었던 거죠."

"여자는 유령 이야기를 참 좋아하네."

무라시타 씨는 내 쪽을 보지도 않고 말했다.

엔진을 끄지 않아 냉기가 점점 강해졌다.

하얀 날벌레들이 날아와 앞 유리에 앉았다.

"너는 어째서 그런 옛날 일에 매달리는 거야?"

무라시타 씨가 짜증스러운 눈빛으로 나를 흘겨보았다.

"전 마리코 씨 친구예요."

나는 바로 옆에 있는 남자를 보았다.

미지근한 무언가가 옷 섬유를 통해 온몸의 땀구멍으로 들어와 몸속을 가득 채웠다.

이상하게 조금도 무섭지 않았다. 눈앞의 소싯적 불량배도. 내게 들러붙어 내 눈을 이용해 무라시타 씨를 보고 있는 무언가의 존재도.

"우정이라, 좋네."

무라시타 씨도 내 쪽으로 똑바로 고개를 돌렸다.

그 얼굴에는 처음 보는 표정이 서려 있었다. 과거 불량소년이었을 때도 절대 짓지 않았을 표정이다.

단 한 번 이 표정을 지었을 때, 이 남자는 마리코 씨를 살해한 것이다.

"나를 죽이면 경찰에 체포될 거예요. 원장 선생님이 우리 둘이 이 차를 타는 걸 봤으니까."

"그럼 원장도 죽이면 그만이지. 마리코처럼. 아내처럼. 너처럼."

옛날에는 싸움으로, 지금은 음료 배달로 다져진 크고 힘센 손으로 내 목을 움켜쥐었다.

그 순간 나는 마리코 씨 대신, 반대로 무라시타 씨는 한 번도 잊지 못했을 그 과거로 함께 끌려들어 갔다…….

❊

8월 말, 하늘이 깊어지기 시작한 날이었다.

시마오카 마리코는 오래된 공동주택과 민가가 비좁게 모여 있는 미로 같은 동네에 살고 있었다.

그 아파트는 주위에 비하면 그나마 조금 새 건물이었고, 흔한 크림색 벽도 그녀의 마음에 들었다.

마리코가 이런 미로 속에 살게 된 것은 그녀를 자기 소유라고 정한 졸부 의사가 아내의 눈을 피하려고 내린 조치였다. 물론 우쓰미 원장은 마리코의 존재를 일부러 과시하며 자기 능력을 드러내는 고약한 즐거움도 버리지 못했다.

마리코는 일상적으로 우쓰미의 부인에게 집요한 괴롭힘을 당했고, 우쓰미 이외의 애인 다나카 다다히코에게도 질투로 인한 폭력에 시달렸다.

자진해서 빠진 애증의 도가니 속에서 마리코가 고통스

러웠는지 즐거웠는지, 무라시타는 알지 못했다. 다만 누가 봐도 이 박복한 여자는 쉽게 남자를 자극했고, 그것을 또 쉽게 받아들였다.

마리코를 힘들게 하는 다나카 다다히코는 무라시타의 유흥 친구였다. 하지만 다나카는 적당히 돈 많은 집 아들에 괜히 밉상이었다. 그래서 무라시타도 처음에는 진심으로 이 여자를 도와주고 싶었다.

무라시타는 가끔 마리코를 찾아갔다. 불륜 상대와 애인, 무라시타 말고도 만나는 남자들이 있다는 건 알고 있었다. 그들의 눈을 피하고, 물론 아내에게도 들키지 않고 마리코를 만나는 것은 스릴 넘치고 즐거웠다.

마리코의 우는 얼굴은 웃는 얼굴보다 훨씬 귀여웠고, 마리코가 다른 두 사람을 제쳐두고 자기를 의지하면 자존심이 크게 충족되었다. 다른 남자 때문에 울고 고민하고 있다고 털어놓고 의지하면 무한한 기쁨을 느꼈다. 종합병원 원장보다도, 부자 아들보다도, 무라시타는 압도적으로 유능했다.

하지만 그런 자기만족도 차츰 지겨워졌다.

바보 같다. 이래서야 그냥 만만한 사람 아닌가?

그랬는데 아이러니하게도 마리코가 결국 무라시타만 남자로 신뢰했다는 점이 단숨에 상황을 최악으로 몰고 갔다.

마리코가 임신했다.

마리코는 무라시타가 아이 아버지라고 주장했다.

하지만 그 주장에는 근거가 없었다.

"우쓰미 선생님은 사모님이 무섭고, 다다히코는 아이가 생겼다고 하면 분명 또 화를 내면서 난리 칠 거야."

그러니까 무라시타에게 아버지가 되어달라고 했다.

말도 안 되는 논리였다.

원장 말고도 외도 상대가 있었다는 게 들통나면 병원 사무직에서 쫓겨날 테고 아파트에서도 쫓겨날지 모른다. 그래도 마리코는 우쓰미의 아내에게 보복당하는 것보다는 낫다고 했다. 하물며 폭력적인 다나카 다다히코에게 아이 문제로 의지할 수는 없었다.

"그럼 나는 어쩌라고? 나는 아내도 아이도 있단 말이야."

"당신은 신경 안 써도 돼. 나 혼자서도 키울 수 있으니까. 가끔 찾아와서 아빠라고 말만 해주면, 그거면 돼. 당신 아이니까 당연한 일이잖아."

마리코라는 여자는 폭력이나 괴롭힘처럼 직접적인 위협은 이해해도 기본적으로 상대의 사정까지 배려하는 능력은 부족했다. 항상 다정하게 고민을 들어주는 무라시타는 무슨 일이든 의지할 수 있는 남자였다.

한편 무라시타는 도를 넘은 자의식의 소유자였다.

두 남자를 제쳤다고 생각하던 그는 짐을 떠안게 되었다는 사실을 깨달았다.

실제로는 불륜 상대도 애인도 세 번째 남자인 무라시타의 존재를 모른다. 즉 무라시타는 안중에도 없다는 뜻이다.

무라시타가 마리코의 부당한 요구를 거절하면 거기서 끝날 일이었다. 하지만 이 남자는 좋은 의미로나 나쁜 의미로나 약한 여자를 위협하거나 내치지 못하는 성격이었다. 자존심이 그것을 용납하지 않았다.

"알았어, 그렇게 하자."

피가 온몸을 빙글빙글 맴돌았다.

그 소리가 귀에 들리는 것 같았다.

그래도 무라시타는 평소처럼 "안심해"라며 가슴을 두드렸다.

그는 거듭 말했다.

"나만 믿어."

무엇을 믿으라는 건지 당연히 마리코에게 말하지는 않았다.

그로부터 약 열흘, 무라시타는 스스로도 신기할 정도로 기분 좋게 지냈다. 마리코에 대한 혐오의 반동으로 아내와 딸이 너무 사랑스러웠던 것이다. 애정으로 충만한 그의 태도 덕분에 가정은 평소보다 더 화목했다. 아내도, 딸도, 무라시타 본인에게도 인생에서 최고로 행복한 나날이었을 것이다.

원래 자책하는 습관이 없는 무라시타는 그것이 얼마나 허무한 일인지 몰랐다. 그의 마음속에는 아내와 아이를 지켜야 한다는 생각밖에 없었다.

결의를 실행에 옮긴 것은 딸이 다니는 유치원 여름 축젯날이었다. 후카가 아버지를 위해 서툰 솜씨로 만들어 준 팔찌를 보고 그는 결심을 굳혔다.

"엄마가 아니라 아빠 주려고 만들었어."

후카의 말에 오늘 아내는 조금 토라졌다. 두 사람에 대한 애정은 그날 정점까지 치솟았다.

한편 방탕아들 때문에 생긴 마리코의 아이는 역겨울 뿐이다.

나를 그런 놈들보다 아래로 본 마리코를 용서할 수 없다. 그 더러운 놈들이 내 소중한 가정을 위협하게 둘 수는 없다.

나는 아무 잘못도 없다.

기묘하게도 마리코의 아이가 자기 자식일 가능성을 무

라시타는 조금도 고려해 보지 않았다.

바람에 흔들리는 전선이 그물망처럼 뻗어 있는 동네.

처음부터 무라시타는 마리코를 살해할 작정이었다. 친구 다나카 다다히코에게 죄를 뒤집어씌우려고 다나카 인테리어 작업복을 입고 살짝 변장까지 했다.

흔해 빠진 크림색 벽의 임대 아파트.

고상하지 못한 마리코가 늘 좋다고 칭찬하는 그 낡은 건물로 다가갔을 때, 묘하게 주변 풍경과 어울리지 않게 운전석이 왼쪽에 있는 독일 자동차가 주차장으로 들어갔다. 운전자는 마리코의 방에 있던 액자로도 본 적 있는, 우쓰미 종합병원 원장이었다.

가슴이 펄떡 뛰면서 그대로 발이 멈췄다.

동시에 의약품 도매회사 로고가 그려진 미니밴이 지나갔다.

"아이고, 선생님. 이런 데서 다 뵙네요."

제약회사 영업사원이 우쓰미 원장에게 추종의 미소를 보였다.

지저분한 머리를 한 중년의 원장은 주차장에서 나와 당당하게 현관으로 향했다.

제약회사 영업사원은 능글맞은 웃음을 거두고 그 반동

인지 얼굴을 찌푸리며 재빨리 떠났다.

건물 그늘에 멀거니 서 있던 무라시타의 가슴속에 엉뚱한 분노가 치밀어 올랐다.

그는 자기 여자를 몰래 만나러 온 또 다른 불륜 상대의 모습을 지금 처음으로 목격한 것이다.

무라시타 안에 아직 마리코에 대한 애정이 있었는지, 본인도 알 수 없었다. 그렇지만 오장육부가 뒤틀렸다.

마리코는 내 여자다.

그는 우쓰미 원장에게 질투했다.

그와 동시에 지금 일을 저지르면 우쓰미 원장이 혐의를 받게 된다는 사실이 기뻤다. 실제로 저 집에 마리코가 있고 우쓰미가 무엇을 하러 가는지, 제약회사 남자는 훤히 알면서 대화까지 나누었으니까.

무라시타의 살의는 마침내 견고해졌다.

우쓰미가 다시 꼴 보기 싫은 외제 차로 돌아갈 때까지 기다린 무라시타는 마리코의 집 문을 열고 말 한마디 없이 뒤에서 목을 졸라 살해했다.

마리코는 고통에 몸부림치며 뒤로 손을 뻗어 무라시타의 손목을 할퀴었지만 새끼 고양이 힘에도 못 미쳤다. 몸부림치다가 머리를 부딪쳤는지 마리코의 작은 콧구멍에서 선

혈이 흘러나와 변장용으로 입은 작업복을 더럽혔다.

가녀린 목이 짓눌려 신음마저 사라지자 바닥에 산더미처럼 쌓여 있던 여성주간지에 불을 붙이고 밖으로 나왔다.

"그럼, 마리코. 또 올게."

일이 잘 풀려 흥분한 무라시타는 문을 닫으며 그런 말까지 했다. 이리하여 같은 층 통로에서 마주친 주부가 인테리어점 작업복을 입은 남자를 목격하게 된다.

그 주부는 문에서 새어 나오는 연기를 발견하고 허둥지둥 소방서에 연락했다. 하지만 소방대가 출동했을 때는 집도 마리코도 새까맣게 타버렸다. 집에 남아 있었을 남자들의 지문도 사라졌다.

처음에는 주민의 실수로 인한 화재로 보았지만 목격자가 있어 살인사건으로 다루게 되었다.

무라시타는 딸에게 받은 진심 어린 선물을 난리통에 그 여자가 뜯어냈다는 것을 뒤늦게 알아차렸다.

"어차피 타버렸을 거야."

증거로 남아 있을 리 없다고 생각하는 반면, 딸 후카가 자기를 위해 만들어 준 선물을 잃어버렸다는 사실이 가슴 아팠다. 그 고통은 마리코와 배 속의 아이를 죽였다는 사실보다도 훨씬 컸다. 동시에 그 고통이 세상 밖 소문에 일희일

비하는 소심함에서 그를 지켜주었다.

나는 아무 잘못 없어. 당연히 아무런 잘못도 하지 않았어.

사건 직전에 우쓰미 원장을 보았다고 말한 영업사원이 얼마 지나지 않아 증언을 번복하자 무라시타는 크게 분노했다. 눈치 보느라 거짓말을 한 것이라고 다들 수군거렸지만 당사자가 착각했다고 강하게 주장하니 아무도 설득할 수 없었다.

다나카 다다히코로 가장한 무라시타가 현장에서 떠나는 모습을 본 주부도, 그를 다나카라고 단정하지는 않았다. 평소 마리코를 집요하게 괴롭혔던 우쓰미의 아내 역시 용의자 중 한 명으로 지목받았지만 체포되지는 않았다.

"그래, 당신이었구나……."

운전석과 조수석 사이에 미지근한 기운이 솟아나더니 내 목을 움켜쥔 무라시타 씨의 손아귀 힘이 부자연스럽게 풀렸다.

"한심한 사람이네. 그렇게 싫었으면 말로 하면 됐잖아……."

불에 그슬린 머리카락이 눈앞에서 흔들리자 무라시타 씨는 짐승 같은 비명을 질렀다.

마리코 씨는 내 목을 움켜쥐고 있던 손가락을 하나하나 떼어냈고, 무라시타 씨는 놀라서 앞 유리 밖을 쳐다보고 있었다.

그 시선을 따라가 보니 모모오 유치원에서 보았던 희멀건 승용차에서 통통한 얼굴의 마투오카 형사가 동료들과 함께 이쪽으로 달려오는 모습이 보였다.

무라시타 씨는 살인 미수 현행범으로 체포되었고, 승합차에서 구출된 내 시야 구석에서 마리코 씨의 모습이 스윽 사라졌다.

❀

무라시타 씨의 체포극은 만게쓰 식당을 떠들썩하게 만들었다.

"마루 씨도 참, 우리가 남이야? 계속 무라시타 씨를 의심하고 있었다니. 나한테는 아무 말도 안 했으면서."

"에리 씨, 그건 수사 기밀이니까. 마루 씨 직업이 그런 거니까."

나는 고기 감자조림을 집어 먹으며 말했다. 에리 씨 요리는 어째서 이렇게 맛있을까? 마치 신의 솜씨 같다. 아직 이누야마히메가 빙의해 있는 건 아닌지 의심스러울 정도다.

"으음. 마루 씨에게도 속았다니."

에리 씨가 부루퉁한 얼굴로 말했다.

무라시타 씨와 마찬가지로 만게쓰 식당에 뻔질나게 다니던 마루오카 형사의 진짜 목적은 사실 가족에게 외면당한 외로움을 달래려는 게 아니라, 줄곧 용의자를 감시하는 데 있었던 것이다.

결론적으로 무라시타 씨는 다른 사건의 용의자였다. 그 사실이 우리를 경악하게 했다. 무라시타 씨의 혐의는 별거 중이라던 아내 살해였다.

"그 무라시타라는 남자, 아내도 내연녀도 죽였다니. 무분별한 살인귀야. 너도 위험했어. 무사해서 다행이야, 정말 무사해서 다행이야."

세키야마 씨가 말했다. 그가 이렇게 열렬히 말하는 건 처음 본다.

세키야마 씨 말대로 나까지 살해당할 뻔한 무라시타 사건은 '쾌락 살인범의 무차별 살의에 의한 범행'으로 해석되었다.

원령을 위해 범인을 찾아냈더니, 그 원령이 일촉즉발의 상황에서 구해 주었다. 그런 상황을 어떻게 설명해야 할지 나는 모르겠다. 범인도 그런 경위는 설명할 수 없으리라.

"아즈사, 이마에 붙인 반창고 떨어졌어."

"새것 있어?"

화장실 거울 앞에서 이마에 반창고를 새로 붙이고 있으려니 옆에서 인기척이 났다.

거울에 비친 사람은 나뿐인데 돌아보니 마리코 씨가 있었다.

"범인을 찾아줘서 고마워……."

평소처럼 화려한 화장에 초미니 원피스를 입은 마리코 씨였지만 오늘은 그슬린 자국도 시반도 없었다. 그래서 그런지 평소보다 조금 행복해 보였다.

"나야말로 구해 줘서 고마워."

"나는 딱히 아무것도……."

마리코 씨는 그슬리지 않은 머리카락을 매만지며 살짝 눈을 내리뜨고 나를 쳐다보았다.

"앞으로 어쩔 거야? 도텐 우체국이 없으면 성불 못 하는 것 아니야?"

"그렇지도 않아. 오토히메시 역 뒤편에도 비슷한 곳이 있다나 봐. 거기는 우체국이 아니라 영화관이라는데……. 지금 가보려고…….”

그럼, 이라는 말을 끝으로 마리코 씨는 사라져 버렸다.

"잠깐!"

그게 마리코 씨를 마지막으로 본 순간이었다.

나는 이별을 아쉬워하며 울 여유도 없이 화장실에 갔다가 마리코 씨와 영원히 이별했다.

손수건으로 손을 닦으며 식당으로 돌아오니 정식을 먹으러 온 노부인이 꽃무늬 지팡이를 휘두르며 나를 알은체했다.

"너도 공덕을 쌓았구나. 대단해."

구스모토 관광 그룹 황태후로 명성이 자자한 다마에 대모님이었다.

"대모님!"

나는 정신없이 대모님에게 매달려 손을 붙잡고 마구 흔들었다. 처음 보는 운전사가 미닫이문 밖에서 나를 보더니 안색이 새파래져서 달려왔다. 다마에 대모님은 "이 아이는 친한 친구예요"라고 말하며 운전사를 거만하게 물리쳤다.

"도텐 우체국은 어떻게 되었나요?"

대모님이 그렇게 묻자 말문이 막혔다. 이누야마히메에게 져서 다들 살해당했다고는…… 고령의 대모님에게 말할 수 없었다.

"다들 저세상 사람들이니 설마 죽지는 않았겠지요."

다마에 대모님은 내가 설명하지 않아도 뭔가 눈치챈 것처럼 오히려 위로가 담긴 말을 했다.

"당신도 기운 차리고 열심히 일해요. 아카이 씨에게 들었는데 당신은 다른 사람은 못 하는 특기가 있다면서요."

다마에 대모님의 주름이 자글자글하고 마른 얼굴을 보고 있으려니 아주 잠깐이나마 도텐 우체국으로 돌아간 것만 같았다.

"대모님도 열심히 공덕을 쌓아서 극락에 가세요."

그렇게 말했더니 다마에 대모님은 "재수 없는 소릴!" 하고 불쾌한 표정으로 테이블을 두드렸다.

제법 시원해진 바람이 창가에 걸린 풍경을 흔들었다. 풍경도 이제 정리할 계절이 되었다.

"잠깐, 미안해. 아즈사, 창고 열쇠 어디 있더라?"

뒤에서 에리 씨가 물었다.

"아까 에리 씨가 냉장고 옆에 두었잖아."

"오. 굉장해, 굉장해. 있다."

기뻐하는 에리 씨의 목소리를 듣고 다마에 대모님이 웃었다. 모두 사라졌지만 물건 찾는 재능만은 그대로였다.

"그래. 그리 쉽게 변할 순 없지."

나는 맞은편 의자에 앉아 양식 세트를 먹는 다마에 대모님을 바라보았다.

에필로그

 적란운이 피어오르는 여름 하늘 아래, 나는 자전거를 타고 이누야마산으로 가고 있었다.

 도텐 우체국과 원령 마리코 씨 소동이 끝난 가을, 나는 취업에 성공해 도시로 이사했다. 이후 컴퓨터 비즈니스 소프트웨어 사용법에 골머리를 앓거나 익숙하지 않은 존댓말을 종종 틀리고 (그때마다 다치바나 선생님을 떠올리며) 신규 프로젝트 프레젠테이션에도 이따금 참가하며 바쁜 나날을 보내고 있다.

 정말 하고 싶은 일을 찾은 건지는 잘 모르겠지만 정신을 차리고 보면 매일 많이 웃고 있다.

유급 휴가를 쓸 새가 없어 제대로 된 휴가를 낸 게 8월 말이었다.

여행 갈 계획도 없어 결국 시골로 귀성했다. 그렇지만 전근을 자주 다니는 부모님이 나보다 먼저 이 동네에서 이사를 가서 여기에 돌아올 집이 있는 것은 아니다.

작년 여름 아르바이트로 일했던 만게쓰 식당에 들르자 에리 씨가 흔쾌히 빨간 자전거를 빌려주었다. 따지고 보면 내가 이사 갈 때 선물이라며 두고 간 고물이지만.

늦여름 오후, 눈앞에 펼쳐진 이삭이 파도치는 풍경 사이로 뻗어 있는 외길.

1년 만에 지나는 메마른 시골길은 갓길 표지판 하나까지 눈에 익었다.

논두렁에 빠졌던 자리를 지나자 백미러 너머로 이쪽을 바라보던 마리코 씨의 의기소침한 얼굴까지 떠올랐다.

'마리코 씨, 저세상에서 또 남자한테 속고 있으려나.'

이제 만날 수 없는 마리코 씨가 내 미래만큼이나 아득하게 느껴졌다. ……아니, 미래의 나를 지금 당장 만날 수 없는 것처럼 더는 만날 수 없는 마리코 씨도 그리 멀리 떨어져 있지는 않을 것 같았다. 그것은 굉장히 신기한 감각이었다.

이누야마산 기슭의 세 갈래 길을 지났다.

길이 점점 좁아지면서 나무 그림자가 하늘을 가리기 시작했다.

차가운 바람이 한 줄기 불어와 뺨을 가볍게 어루만졌다.

'어라?'

어둑한 숲 그늘에는 유지매미 울음소리가 가득했고 낡은 브레이크가 공기를 가르는 소리를 냈다.

'여기가 어디더라?'

이누야마산으로 가는 길은 외길.

처음 왔을 때는 길이 끊긴 옛날 도로로 잘못 들어갔지만 그 후 연이은 소동으로 이 부근의 단순한 지리는 몸에 익혔다.

그런데 또 길을 헤맨 모양이다.

오늘 이렇게 이누야마산에 올라와서 뭔가를 할 계획은 없었지만 그렇게 자주 다녔던 길을 겨우 1년 만에 잊어버리다니 한심했다.

폐자재로 만든 듯한 버스 대기실 안에 소매 달린 앞치마를 두른 왜소한 노파가 혼자 앉아 있었다.

"여기가 이누야마 신사로 가는 길 맞지요?"

왜소한 할머니는 귀가 안 좋은지 멀뚱한 얼굴로 자기 짐만 만지작거렸다.

자전거에서 내려서 다시 한 번 묻자 할머니는 귀찮다는 듯 작은 손을 멈추었다.

'아이야, 오랜만이구나.'

파이프오르간 같은 소리가 울렸다. 그것은 할머니가 아니라 가면처럼 새하얀 피부와 뚜렷한 이목구비를 가진 소녀, 이누야마히메였다.

'신사로 가는 길은, 여기가 아니다.'

나를 올려다보는 자그마한 하얀 얼굴을 보고 허둥지둥 자전거에서 손을 떼고 말았다. 빨간 고물 자전거는 옆으로 쓰러졌고 짐칸에 실었던 에코백이 길에 떨어졌다.

"오, 오랜만이에요. 전에는 경황이 없어 인사도 못 드렸네요."

얼빠진 인사를 하자 이누야마히메가 바닥에 떨어진 내 짐을 주워주었다.

'이 길을 쭉 따라가다가 붉은 꽃이 보이면 오른쪽으로 가거라.'

이누야마히메는 화음처럼 울리는 목소리로 말했다. 별이 떨어지고 꽃이 흩어지던, 도텐 우체국이 사라진 그날 밤과 똑같은 목소리였다.

'너도 공덕을 잘 쌓았구나.'

이누야마히메는 작년 다마에 대모님이 했던 것과 똑같은 말을 하더니 에코백에서 떨어진 공덕 통장을 건네주었다.

❊

하얀 얼굴의 소녀가 가르쳐 준 길을 가다가 백일홍이 피어 있는 곳에서 오른쪽 옆길로 들어갔는데, 그곳은 이누야마 드라이브인으로 가는 샛길이었던 모양이다.

'이제 와서 심령 스팟에 가봤자……'

도텐 우체국 창고였던 이누야마 드라이브인을 봐도 이제는 하나도 무섭지 않다.

'모처럼 왔으니 보고 갈까?'

하지만 주차장 콘크리트 바닥 틈새에서 하늘거리는 해바라기와 도라지꽃 너머에 있던 것은 폐허 심령 스팟이 아니었다.

"어라?"

지은 지 10년쯤 된, 사이딩 외장재를 쓴 2층짜리 목조 건물.

그 뒤로 현실에 있을 수 없는 면적의 꽃밭이 이어졌다.

멜빵바지를 입은 벌건 얼굴의 덩치 큰 남자가 농업용 외발 수레를 밀며 꽃에 줄 비료를 운반하고 있었다. 부동명왕처럼 생긴 그 거한은 나를 보자마자 산타클로스처럼 온화한 표정을 지었다.

건물에는 '도텐 우체국'이라는 간판이 걸려 있었고, 현관 앞에서는 자그마한 노인이 모닥불을 피우고 있었다.

"아카이 국장님! 도텐 씨!"

한껏 흥분한 내 목소리를 듣고 여전히 라면을 좋아하는 고이케 씨를 닮은 아오키 씨가 불쾌한 표정을 하고는 건물에서 얼굴을 내밀었다.

"겨우 다 모였네. 역시 한 마리로는 고기가 부족해."

오니즈카 씨가 맨손으로 잡은 듯한 반달가슴곰을 둘러메고 나타났다. 그 뒤에서 아카이 국장님이 진흙투성이 손을 멜빵바지 가슴팍에 문지르며 내 얼굴을 슬그머니 살폈다.

"잘 왔어. 기다렸어. 사실은 아즈사가 꼭 찾아줬으면 하는 토우가 있는데……."

나는 또 한 번 자전거에서 굴러떨어졌다.

작가 후기

 심령 스팟에서 일한 경험이 있습니다.

 폐쇄된 종합병원 건물에 사무실을 빌린 작은 회사였습니다. 낡고 굵은 철골 구조 건물의 최상층 한구석, 한밤중에도 서버가 켜져 있어 소음이 났습니다.

 그렇게 괴담에 등장할 법한 장소다 보니 기분 탓이라면 그만이지만 비현실적인 일들이 많이 일어났습니다. 낯선 사람이 멀리 떨어진 자리에서 아이스크림을 먹거나. 있을 리 없는 어린이나 갓난아이 울음소리가 들리거나.

 일상생활이 결말 없이 흘러가는 것처럼 그런 괴기현상

도 현실인지 착각인지 구별하지 않고 '뭐, 그런가 보지' 하고 흘려 넘겼습니다. 상대방도 유령의 영역에 태연히 출근하는 제게 상당히 관대했다는 생각이 듭니다.

그곳이 철거된다는 소문을 들은 지 제법 오래되었습니다. 지금은 공터가 되었거나 다른 건물이 들어섰을지도 모릅니다.

❉

최근 몇 년 사이 산다는 게 뭘까, 죽는다는 건 뭘까, 그런 의문을 중심으로 몇 편의 소설을 썼습니다. 《환상 우체국》은 제 나름대로 우선 그런 의문을 일단락 지어 결론을 내린 장편입니다. 밝은 이야기는 아니지만 '죽은 사람은 사라지는 게 아니다'라는 마음을 최대한 담았습니다.

죽은 사람은 사라지는 게 아니다.

그렇지 않으면 돌아가신 날 아침에 방구석에서 꾸물거리던 이웃집 할아버지나, 사무실 귀퉁이에서 아이스크림을 먹던 낯선 사람의 존재를 설명할 길이 없거든요. '유령보다 산 사람이 훨씬 무섭다'라는 말은 '유령에 대해 잘 알지도 못하면서 왠지 오만한' 표현 같지만, 죽은 사람도 사실은 생생하게 존재한다고 생각하는 편이 위화감이 없었습니다.

※

 이 단행본의 마무리 단계에서 교정쇄 원고를 읽을 때, 동일본 대지진이 발생했습니다. 정전으로 정보를 거의 알 수 없어 꼬박 하루 뒤에야 끔찍한 피해 규모를 알았습니다. 지진 발생 후 일주일쯤 지나 피해 지역에 사는 지인에게 들은 생생한 참상은 뉴스 보도보다 훨씬 심각했습니다.
 이런 현실에 직면해도 '죽은 사람은 사라지는 게 아니다'라고 말할 수 있을까?
 몇 번이고 가슴속으로 되뇌었습니다.
 이 글을 쓰고 있는 지금도 여전히 답을 알지 못합니다. 하지만 '생명을 잃었다고 해서 살아 있던 사람이 사라질쏘냐'라고 생각합니다. 강하게, 그렇게 생각합니다.

2011년 4월 19일
호리카와 아사코

문고판 후기를 대신하며

다정한 장소

1983년 여름의 어느 한낮, 또래 여자 친구 몇 명과 아오모리와 하코다테를 오가는 세이칸 연락선 대기실에 가서 배를 타지도 않는데 한동안 의미 없는 수다를 떨다가 삼삼오오 집으로 돌아간 기억이 있다.

3급 무선통신사 자격증 시험을 보러 하치노헤에 다녀오는 길로, 왠지 그대로 헤어지기가 섭섭했는지 누군가가 "그럼 아이스크림이라도 먹고 가자"라고 했다. 어디 카페라도 들어갈 줄 알았는데, 연락선 대기실로 데려가는 것이었다.

"여기, 여기."

열차에서 플랫폼으로 내려 역 반대 방향으로 걸었다. 검은 입을 쩍 벌리고 있는 계단을 올라가니…… 조금 오싹한 느낌이 들었다. 이런 곳에 계단이 있었던가?

의문의 계단을 끝까지 올라가자 휑하니 폐허가 된 공간이……. (으악!) 비현실적이라 소설 같고, 영화처럼 멋지긴 하지만 여기가 어디지?

"연락선 대기실인데? 너 연락선 타본 적 없어?"

초등학교, 중학교 수학여행으로 홋카이도에 갔으니 그 대기실은 왕복으로 모두 네 번은 갔을 터였다. 하지만 시끄러운 악동들 사이에 섞여 우르르 지나갔을 때와는 전혀 다른 장소 같았다.

그럴 수밖에 없는 게, 그곳에는 아무도 없었다.

건물도 사람과 마찬가지로 나이를 먹고 낮잠을 즐긴다……. 그런 느낌이 드는 장소였다.

3면에 전부 창문이 있었던 것 같은데 이제는 기억도 가물가물하다. 하지만 그때 산 컵 아이스크림이 (아마도) 당시 유행한 민트초코 맛이었다는 건 똑똑히 기억한다. 치아 건강에 좋을 것 같지만 충치가 생기는 맛? ……그런 생각을 하며 먹어보니 꽤 맛있어서 괜히 감동했다.

당시는 거품경제 붕괴 직전 엔화 환율 상승으로 인한 불황이 한창일 때라, 나는 대학도 떨어지고 취직에도 실패해 심각한 사면초가의 현실 속에 있었다. 어쩔 수 없이 기술을 배워야겠다 싶어 무선통신사가 되기로 했다. 문과인 내가 어째서 무선통신사를 선택했는가 하면 신문 귀퉁이에 '직업훈련학교에서 정원 미달로 수강생을 추가 모집합니다'라는 기사를 발견했기 때문이다. 그것이 지망 동기. 어쩐지 그 당시 나는 이 작품의 주인공 아베 아즈사 못지않게 태평했다.

아니, 당시에도 하고 싶은 일은 분명 있었다. 장래의 꿈은 소설가가 되는 것.

사람들을 만날 때마다 그렇게 떠들고 다녔지만 귀담아들어 주는 사람은 별로 없었다. 소설가가 되지 못할 거라고 생각한 적은 없었지만, 사실 될 수 있다고 생각한 적도 없었다. 요컨대 깊이 생각하지 않았던 것이다. 다만 꿈이 실현된다 해도 가까운 장래는 아닐 테니 일단 일을 해야 했다. 그래서 고등학교를 졸업하고 바로 직업훈련학교에 진학하여 적성을 아예 무시한 일자리를 찾으려 했다니……. 나는 정말 생각이 짧았고, 몹시 즉흥적인 성격이었다.

어쨌거나 그때 간신히 시험에 합격했고, 이듬해 조금 더 어려운 자격증 두 개를 땄지만 결국 무선통신사가 되지는 않았다. 좀 더 즐거운 다른 일을 했고, 6년쯤 일한 끝에 그 것도 내게 너무 맞지 않아 그만두었다. 이후 수많은 우여곡절을 거쳐 연락선 대기실에서 민트초코 아이스크림을 먹었던 날로부터 20년 넘게 지난 후에야 염원하던 소설가로 데뷔했다.

20년…….

생각해 보면 당시의 나는 참으로 어리고 미숙했다. 바로 눈앞에서 기다리는 인생의 거친 파도를 전혀 알지 못했고 가여울 정도로 천진했다.

반대로 우리를 한때나마 쉬어가게 해준 그 연로한 공간은 그저 고요할 따름이었다. 서쪽으로 난 창문에서 조금 기운 햇빛이 들어와 낡고 휑한 공간을 따스하게 비추며, 수다스러운 우리를 손녀딸이라도 보듯 바라보고 있었다.

실제로 한 세기 가까이 바다를 건너는 수많은 이들의 엇갈린 희비를 지켜본 대기실은 노쇠하여 서서히 수명이 다해 가는 다정한 할아버지였다. 할아버지의 눈에는 그날, 각자의 앞에 놓인 인생의 여러 가지 일들이 전부 보였던 게 아닐까.

그 대기실은 세이칸 연락선 폐지와 함께 철거되어, 지금은 없다.

하지만 삼천세계 어딘가의 틈새에 그 모습 그대로 옮겨가서 배를 타고 다음 세상으로 향하는 사람들을 배웅하고 있다고 생각할 때가 있다. 꼭 도텐 우체국처럼. 그렇게 나도 언젠가 좋아하는 책을 가득 채운 커다란 배낭을 짊어지고 두 손에는 앵무새를 두 마리씩 넣은 새장을 들고, 그리운 부두에서 한 번 더 배를 탈지도 모른다.

2013년 1월

호리카와 아사코

옮긴이 | 김선영

한국외국어대학교 일본어과를 졸업했다. 다양한 매체에서 전문 번역가로 활동했으며 특히 일본 미스터리 문학에서 왕성한 활동을 하고 있다. 옮긴 책으로는 요네자와 호노부 '고전부 시리즈', '소시민 시리즈', 《흑뢰성》, 미나토 가나에 《고백》, 야마시로 아사코 《엠브리오 기담》, 아리스가와 아리스 《쌍두의 악마》, 야마구치 마사야 《살아 있는 시체의 죽음》, 사사키 조 《경관의 피》, 오구리 무시타로 《흑사관 살인사건》 등이 있다.

환상 우체국

초판 1쇄 발행 2025년 8월 4일

지은이 호리카와 아사코
옮긴이 김선영

펴낸이 허정도
책임편집 박윤희 **디자인** 김지연
마케팅 신대섭 김수연 배태욱 김하은 이영조 **제작** 조화연

펴낸곳 주식회사 교보문고
등록 제406-2008-000090호(2008년 12월 5일)
주소 경기도 파주시 문발로 249(10881)
전화 대표전화 1544-1900 **주문** 02)3156-3665 **팩스** 0502)987-5725

ISBN 979-11-7061-274-2 (04830)
ISBN 979-11-7061-282-7 (set)

- 책값은 표지에 있습니다.
- 이 책의 내용에 대한 재사용은 저작권자와 교보문고의 서면 동의를 받아야만 가능합니다.
- 잘못된 책은 구입하신 곳에서 바꾸어 드립니다.
- '북다'는 기존 질서에 얽매임 없이 다양하게 변주된 책을 만드는 종합 출판 브랜드입니다.